Letter 1

半透明のラブレター

春田モカ

半透明のラブレター

Letter 1

目次

第1章
始まりの日

真っ黒事件 ……… 5
自惚《うぬぼ》れ ……… 14
盗撮事件 ……… 23
追求 ……… 30

第2章
ふたりの秘密

知らぬが仏 ……… 38
黒猫の生き方 ……… 43
ノイズ ……… 47
損な日 ……… 58
赤い彼女 ……… 68
錯綜 ……… 71
アンダンテ ……… 84

第３章
超能力者

愛情表現 ……… 95

君だけには ……… 110

心の声 ……… 122

エスケープ ……… 135

第４章
繋《つな》いだ手

錯乱 ……… 151

冬の空に ……… 164

聞きたかった言葉 ……… 178

優しい温度 ……… 190

装丁・本文デザイン／塚田佳奈（ME&MIRACO）

装丁イラスト／永田キナコ

校正／（株）オフィス バンズ

編集／高原秀樹（主婦の友社）

第1章
始まりの日

真っ黒事件
Side of Sae Nakano

例えばの話だ。

もし、人の心が読めるなら、私は今、この授業でいつ先生にさされるかが分かる。
友達とだってケンカなんか絶対しなくて済むし、もしかしたらその力を利用して大儲けできるかもしれない。

「中野」
「へ、へぃ！」
「へい、じゃない問題解け。お前はいっつも上の空だな本当に」
「すすんません……」
みんなにこうやって笑われることもなく、バカにされることもなく、尊敬だってされちゃうかもしれない。
なんて最高に便利な能力なんだろう。
「先生、なんですかこの暗号は……」
「お前、来年度の受験大丈夫か……？」
「や、やばいっす……」
今日も机の上に置かれた一枚のプリントとにらめっこ。
横から容赦なしにふりそそいでくる日差しが、更に私の頭を真っ白にさせていく。

——そんな高校2年生の秋、私は気になる人がいた。
それは斜め前の席の天才君———日向佳澄《ひなたかすみ》。
「お、日向はもうできてんのか。早いなあ」
「……」
「だからって寝るな。お前はいつもいつもいつも」
「……はい……」

髪は染めてはいないから真っ黒だけど、テスト中ゲームをしたり、ヘッドホンで音楽を聴いたりと、校則違反しまくりだ。
なのに常に学年首位をキープ。
普段はいっつもボーッとしてて何考えてるか分からないから、話しかける人もあんまりいない。
人間離れした美しさなのに、かなりの不思議少年だからモテモテって訳ではなく、皆“ファン”って感じだ。
それどころか、奇人だなんだと言っている人もいる。
とにかく、何をしなくても目立つ人。

こんな人を気にならないって人は、まず、いないだろう。

「中野なんてな、数学が全くできないからせめて唯一得意な字だけでも上手く書こうと頑張ってるんだぞ」
「ええ！　なんでそこで私を話題に出すんすかっ」
「どんなに綺麗に字を書いたって点数上がんないの分かってるくせに……」
突然先生に肩を叩かれた私は、みんなの笑いの的にされた。
なんで、私はいつもいつもこう、バカにされてばっかりなんだ。

それもこれも全部日向君のせいだ。
だって日向君の近くの席になってから、こういうことが増えた。
私は奥歯を噛み締めて斜め前の日向君をにらんだ。
だけど、時折、先生に指されたときに答えをチラリと見せてくれたりもする。
ま、いっか……。
そんな私のひとり言など知ることもなく日向君はぐっすり睡眠中だった。
そのとき、目を覚まさせるかのようにチャイムが鳴った。
みんなが一斉に“終わったー”と言って喜ぶ中、先生はさっさとあいさつを済まして教室を出て行ってしまった。
それでも日向君は、相変わらず机に突っ伏して寝ていた。

「サエ、行こ」
「わ、ちょっとまって梓。文鎮持ってくる」
「早くしたまえよー」
「うん」
その日の放課後。
今日も気が遠くなるような授業が終わり、やっと部活だ。
もうすっかり教室はスッカラカンで誰もいない。
私は、文鎮を取りに再び教室へ向かった。
書道部に入ってから約一年半。
昔から字を書くのだけは得意だったから、友人の梓と一緒に入部した。県の高校書道展とか文化祭に出品する作品を書くから最近は結構大変だ。
「あれ？　ないぞー」

それにしても文鎮が見つからない。
ガサガサ机の中をあさるけれど見つからない。
それにしびれを切らしたのか、梓も一緒になって探してくれた。
「だーからー、ちゃんとおんなじ袋ん中にしまっとけって、アレほど言ったのに」
「すすんません……」
「横着すぎんのよあんたー」
「あ！　あったコレコレ……！」
そう喜んだ瞬間、隣の机に置いてあった何かにヒジをぶつけてしまった。
一気にザァーっと血の気が引いたのが分かった。
私が落としたのは、なんと超特大ボトルの墨。
「———あっ、待っ……！」
手を伸ばした時にはもう既に遅かった。
バシャーという水音と一緒に黒い液体がみるみるうちに広がっていく。私と梓は驚きのあまりもう何もしゃべれなくて、ただ口をあんぐり開けたまま立っていた。
状況をのみ込むのにかかった時間は約２秒。

慌てて墨のボトルを起こしたが、残った墨は既に半分以下になっていた。

「どど、どうしよう梓、これ高級な紫紺系の墨だったのにー！」
「それよりどうすんの、この汚れー！　なんでキャップちゃんと閉めてないの！　ししかも見事に前の席の日向の机にまでかかってるよー！」
「ぎゃあ、本当だ真っ黒ー！」
もう私たちはパニック状態で既に何を話してるのか自分でも分

からなくなってきていた。
隣の席の吉田は……まあいいとして……その前に日向君はどうしよう。
絶対に怒られる。
絶対、絶対、怒られる。
急激に焦りの感情がわいてきて、手のひらは既に汗ばんでいた。
「ティティティ、ティッシュ！　テッシュ！」
「だあほ！　ティッシュなんかで拭き終わるか。雑巾持ってこい、雑巾！」
「はっ、そっか雑巾」
私は慌てて掃除用具をあさった。
奥底に眠っていたのは絞ったまま放ったらかされた雑巾。もうカチカチだった。
それを水につけてなんとかとかしたけれど、墨は思ったより手強くてなんど拭いても完全には落ちなかった。

その様子をずっと見ていた梓が、ドンマイとでも言うように、私の肩を叩いた。
「……もう無理だなこれ。日向に土下座して謝んな」
「は、はい……」
「私は朝倉先生にサエは遅れるって言っとくから、せめてもっと墨を落とすよう全力を尽くしたまえ」
「は、はい……」
「ていうかアホだよね……」
「すいません……」

梓が去っていく足音を聞きながら、私はゴシゴシと日向君の机を雑巾でこすった。
墨は、わたしが雑巾を探している間に、嘘みたいな速さで机に染み込んでいて、綺麗には落ちなかった。
更に、私の拭き方が悪かったのか、染みは広がってしまった。
窓から夕日の光が燦々《さんさん》とふりそそいで、この墨だらけの机を照らしている。オレンジ色に染まった教室には、椅子や机の影が廊下へと伸びていた。
こんな中ひとりでひたすら雑巾がけする自分は、なんて間抜けな姿なんだろう。
そんなことを考えていたとき、突然、ガタ、という物音がした。

「……あ、中野……」
雑巾が、ぽとりと落ちた。
教室の入り口には、眠たそうな顔をした日向君。
私は反射的に日向君の机をバッと隠した。
心臓が、ドクンと跳ねた。
日向君は、そんな私をぼんやり見ている。
「……墨、制服についちゃうよ」

「え、嘘」
ガバッと机から起き上がったら、見事に制服は一箇所だけ黒く染まっていた。
私はどうやら本気でバカだったらしい。
「ど、どうしよ……って、ぎゃ」
動揺したその瞬間、私はまた墨のボトルを倒してしまった。残りわずかな墨がドクドクと容赦なくに床に流れていく。
「ハハハ……」

私はもう自分がしたことが信じられなくて立ち上がれなかった。ペタンと床に座ったまま、動けない。
だけど、いきなり日向君に腕を引っ張られたせいで、私は強制的に立ち上がらされた。
「びび、びっくりした……」
「早く手、洗ってきなよ。真っ黒だよ」
どうやら日向君は、私が更に墨で汚れてしまうのを防いでくれたらしい。
それより、私を立ち上がらせたせいで、日向君まで右手が真っ黒になってしまった。
黒い黒い墨は、まるで日向君の髪の色とそっくりで。
「ごご、ごめんね日向君！　机汚したうえ日向君の手まで汚しちゃって」
「……別に平気」
「な、何か菓子折りでもっ……わっ」
突然頬《ほほ》に冷たいものが触れた。
それは、間違いなく日向君の指で。
細くて、白くて綺麗で完璧な指は、凍ったように冷たかった。
すっと私の頬をつたっていく日向君のその指は、私のあご先で止まった。
「……え。あの……っ」
「墨、ついてた」
「あ、ありがとございます……っ」
日向君は汚れていない左手で墨をとってくれたのだ。
でも、そんなことなんかに気付いている余裕はなかった。一気に熱が上がって、心臓が活発に動き出した。
まだ残ってる。

あの感触、あの温度。
突然の行動に、私は動揺しまくりだった。
だけど、困ったように視線を日向君に向けると、私の心臓はもう一度強く跳ねた。

日向君ってこんなに背高かったっけ、とか。
こんなに声、優しかったっけ、とか。

手は、骨ばっててピアニストみたいな指で、肌の色も透けるように白い。
だから余計に髪の毛の黒さが際立って、あのブルーグレーの深い瞳に溺れそうになる。
「中野？」
ボーッとしていた私を不思議に思ったのか、日向君は首を傾げていた。私は、慌てて「なんでもない」と言って、手をブンブン振った。
その時、日向君の頬にも墨がついていることに気付いた。白い肌とは正反対の黒。

今度は私が教えてあげようと口を開いたその瞬間、
「あ、本当だついてた」
「……へ」
教える前に日向君は自分で墨をとった。

え、私今口に出してたっけ。
いやいやいやそれはない。
……じゃあテレパシー受信した……？
いやいやいやいやそれもない。

「――あ、違っ……今のは……」
「へ」
「あ、じゃなくて今のも違くて…。あ゛ー」
その途端、あの滅多に表情を崩さない日向君が困ったように顔をゆがませた。私は訳が分からなくて頭の上にハテナマークを何十個も浮かべた。
日向君は口に手を当てて顔を青くしている。
今にも倒れそうだ。
「ひ、日向君……？」
「ごめん……気にしないで今の……」
そんなこと言われたらもっと気にします。
私はもっともっと深く眉間《みけん》にシワを寄せた。

でも、おかしいぞ。
さっき私は何もしゃべってないのに日向君は急に否定した。そこから日向君は急に焦りだした。

そういえば、こういうことが前にもよくあった。
言う前に何かものをとってくれたり、聞かなくても次の授業は何か教えてくれたり。
こんなに気が利く人に今まで出会ったことがない。
それとも、私が分かりやすいだけなのかな？
墨がついてたって分かったとき、そんなにすぐに表情に出してしまったのかな。
どうであっても、やっぱり日向君はすごい人だ。

「日向君、あの……」
「ごめん、バイトあるから、帰るね」
「えっ」

引きとめようとしたけど、日向君は足早に教室を去っていってしまった。
今までの感謝の気持ちを伝えようとしただけなのに、日向君はなぜかかなり動揺していて、途中で何回か机にぶつかっていた。
わたしは、遠ざかっていく彼の足音を聞きながら、しばし呆然とそこに立ち尽くしていた。

自惚《うぬぼ》れ

Side of Sae Nakano

翌日、わたしは日向君のことで頭がいっぱいでよく眠れなくて、睡眠不足のまま登校した。

「サエ、あんた昨日、日向に許してもらえたの？」
「梓、おはようっ、大丈夫だったよ」
「そう、で、なんであんたが日向のこと朝からずーっとにらみつけてるのかな？」
「にらみつけてる……？」
「さっきは突っ込まなかったけど今もうお昼だからね。ていうか人の話聞こうよ」
「あたたたた」

梓に左頬を御箸入れで突かれてやっと我に返った。
どうやらわたしは、今朝からずっと日向君をにらみつけていたらしい。
別ににらみつけている訳じゃなかったが、確かに自然と目で追ってしまっていた。
昨日のことがあってから、既に脳内は日向君だらけだ。
今朝から日向君に昨日のお詫びに買ったガムを捧げるタイミングをこうしてずっとうかがっていたが、日向君は授業中以外昼休みまでずっと寝ていて、全くスキがない（違う意味でスキは余るほどあるが）。
やはり捧げるとしたら、次の移動教室の時しかない。

「なにサエ、日向と何かあったの？」
「えっ、いや、ないっすよ、何も」
「なーにー、ますます怪しい。どうしたの？」
「いや、ただ、日向君の優しさに改めて気付かされたというか……」
「ちょっと、その話もっと聞かせなさい」

その話題にかなり興味を持ったのか、梓は身を乗り出してきた。
だからわたしは、ここぞとばかりに昨日の事件も含めて日向君の魅力を語った。
梓は最初はうんうんと聞いてくれたが、途中から何かを疑うような表情になってきた。
そして、突然爆弾発言をした。

「え、それって、サエのこと好きなんじゃないの？」

「んあ？」
「昨日急に帰ったのも、サエを意識して、とかだったり……」
「ぶっ、げほっ」

わたしは思わず飲んでいたミルクティーでむせてしまった。
だって梓がいきなり変なことを言うから。
わたしは全力で首を横に振り、否定した。
天と地がひっくり返ってもそんなことあるわけない。
けれど梓はからかうように笑った。
「サエ、モテ期到来かもよ？　って、やば、もうこんな時間。教室移動しなきゃ」
「あああ！　日向君がもういない！」
「急ごうっ」
教科書、ノート、資料集を慌てて取り出して教室を飛び出た。
大嫌いな数学の授業がこんなに待ち遠しかったことはない。
指定の教室へ駆け込むと、ちょうど日向君が席に座ろうとしているところだった。

教室には少しずつ人が集まってきていたので、わたしは日向君の隣の席を取られまいと焦った。
だから彼の座った隣の机にバンッと分厚い教科書を思い切り叩きつけてしまった。
教室中に音が響いた。

「わ、びっくり……」
「お、お隣、いいですかっ」
「あ、えっと、……うん」

日向君は、一瞬目を泳がせた。
それから、ゆっくりわたしが座る予定の席の椅子を引いて、どうぞ、と彼は無表情でつぶやいた。
わたしは周りからの視線が今更かなり気になったが、会釈をして椅子に座った。

「あの、日向君」
「ん？」
「これ、机を汚してしまったお詫びに……」

わたしは､恐る恐るポケットから昨日買ったガムを取り出した。
今朝からずっとポケットの中に忍ばせていたもの。
日向君は一瞬驚いた表情を見せてから、ちょっとだけ笑った。

「そんな律儀に……、ありがとう」
「あ、いえいえ」

なんだか少し照れくさくなってしまった。
案の定、さっき梓に言われた言葉がよみがえってきて、更に鼓動は速くなった。

『サエのこと好きなんじゃないの？』
いや、そんなことは、ありえない。
だって、わたし、ずっと恋愛とは無縁だったし、うん。
なんだか急に日向君を意識してしまった。きっと途中からロボットみたいな動きをしていただろう。
その数秒後にチャイムが鳴り、授業が始まった。

「教科書167ページ、問３の宿題の答え合わせから始めます」

先生の声もはっきりと耳に入らない。
わたしは、ずっと日向君のことで頭がいっぱいで、ひとり葛藤していた。
しかし、そんな葛藤もすぐに消え去った。

「中野、(1)の答え」

なぜなら、先生がわたしを指したからだ。
突然のことに焦ったが、宿題はちゃんとやってあるのでノートを開いた。
が、その瞬間一気に血の気が引いた。
焦って教室に来たせいなのか、生物のノートを持ってきてしまったのだ。
最悪なことに、この数学の先生はとても怖いことで有名だし、わたしも今までの授業でそれはよく分かっていた。

早く答えないと、先生も苛立《いらだ》ち始めてしまう。
どうしよう。ノート取ってきていいですかなんて聞いたら、今日の授業の半分は説教で終わってしまう。

「………」

日向君、また助けてくれるかな。
そんな考えがふと浮かんだ。
よくこういう状況のとき、わたしは日向君に助けられていた。

視線を彼のノートに送ってみる。しかし反応はない。
わたしは、そんなに毎回気づかってくれるわけないよな、と思い先生に謝った。
「すみません、ノート間違えました」
先生は、黙って名簿を取り出し、わたしの欄にマイナス１と書いて次の人を指した。
無視が一番こたえる。やっぱりこの先生怖い。
わたしは、静まり返った教室の雰囲気に怯えながら席に座った。
日向君は、ちらっと一回だけわたしのほうを見て、すぐに視線を黒板に戻した。
正直に言うと、期待していた。
今回も日向君が助けてくれるって。
何舞い上がってたんだろう。
結局わたしは最後まで集中できないまま授業を終えた。

「サエ、今日部活休みだし、服見にいかない？」
「やー、いっすわあ、中学のときのジャージあるし」
「……ねぇ、あんた本当に女子高生……？」

７時間目の授業を終えた帰り道、突然、梓が笑顔で立ち止まり提案した誘いを断った。
右に曲がれば駅、左に曲がれば自宅。
その狭間で梓はわたしを白い目で見つめた。
「あんたって子は……」
いやいやだって、なんか雨降りそうだし、わたし雨の日は古本屋に行くことが好きだし。
蛇ににらまれた蛙のような状態だったが、わたしは負けじと梓を見つめ返した。
「サエの干物女、もう知らないんだからっ」
「ひ、干物……っ」
「せいぜいそうやってモテ期一生逃してなさい、日向もこんなあんた知ったら幻滅よ」
梓はそう捨てセリフを残して駅に向かっていった。
ごめん、とその背中に向かって叫んだが梓は無反応だった。
幻滅……かなりグサッとくるセリフだった。
でも、流行とかに興味ないものはないのだから仕方ない。
それ以前に、日向君はそんなんじゃない。うん。
わたしは、そう言い聞かせながら交差点を左に曲がって、いつもお世話になっている古本屋に向かった。

少し歩くと見えてきた青い看板。
明らかに駐車に不便な駐車場は、珍しく1台車が止まっていた(ちなみに車は全部で10台駐車できる)。
外装はとてもシンプルで、ほぼコンビニと同じ構造だ。
漫画のポスターが貼られたガラスの自動ドアを通り、わたしは店内へ入った。
ズラリと縦に整列した本棚に、たくさんの小説や漫画本が詰まっている。
やっぱり雨の日は安くなった漫画本を買って読むのが一番の楽しみでしょ。
わたしはうきうきしながら奥の少年漫画コーナーへ向かった。
その時だった。
日向君らしき人を見つけたのは。

「ん？」

３歩進んだがすぐに３歩戻った。
主に翻訳書が置かれているコーナーに、長身の男子高校生が一人真剣に何かを読んでいる。
間違いなくあの制服はわたしが通っている高校のと同じものだ。
それにあの漆黒の髪、モデルのような体型、何よりあの綺麗な横顔。
どこからどう見てもその男子高校生は日向君だった。
あんなに真剣になって、一体何を読んでいるのだろう。
とりあえず、声をかけよう、そう思った途端、日向君はハッと何かに気付いたのか、読んでいた本を小走りでレジに持っていってしまった。

「え」

そんな、今声をかけようとしたところだったのに。
けれど、日向君の表情は険しく、とても話しかけられる雰囲気ではなかった。
日向君は、大事そうに本を抱えてすぐに店から出て行ってしまった。
そんなに早くあの本が読みたかったのだろうか。
不思議に思ったわたしは、レジに向かってさっきの本は一体どういう本なのかたずねた。
四角い眼鏡をかけた若干白髪混じりのおじさん（恐らくこの店の店長だ）は、あごを人差し指と親指でなでてから、ああ、とうなずいた。

「さっきのって、『Ability person in the world』？」
「あ、あび……」
「取り寄せますか？　でもきっと絶版だから在庫ないと思いますよ。あの本買う人誰もいないと思ってたんですがね」
「ど、どういう本なんですか？」
「全部英文だからよく分からないけど、確か世界の超能力者とか……例えば透心術を完全に習得した人を取り上げたり。お遊びであんな本を作る金持ちがよくいたもんだって、一部業界では批判も凄かった本でね」
「透心術……？」
「残念だけど、全国の古書店を探し回らないと手に入りそうもないねぇ」
「そうですか……すみません、ありがとうございます」

別に欲しかったわけじゃないんだけど。
そう、心の中でつぶやいたが、おじさんが断る隙を与えてくれなかったので黙って最後まで聞いた。
『世界の超能力者』だって。
そんな分野に興味があるんだ日向君。
なんだかやっぱり不思議な人だ。

わたしは、結局そのあともなんだかふわふわと日向君が頭に浮かんできて、漫画の立ち読みに集中できなかった。
店から出て、家へ帰る途中も、ふわふわと頭に浮かぶさっきの焦った様子の日向君。

もしかしたら、さっきはわたしを避けたのかな。
なんて今更思って落ち込んだ。
だってわたしを一瞥《べつ》した瞬間去ったし。
昨日だって、そうだった。
もし人の心が読めるなら、日向君にはフル活用できそうだ。
日向君は何を考えているのかさっぱり分からないから。

盗撮事件

Side of Sae Nakano

「ったく、どこのバカが盗撮なんかしてんだろうね」
朝、学校は少し騒がしかった。
梓はあきれたような表情で腕組みをして座っていた。
わたしは、そんな梓の隣の席（もちろんここはわたしの席だ）に荷物を降ろし、耳からイヤホンを取って本体に巻きつけた。
どうやらこの学校で女生徒を盗撮した写真をネットで売りさばいてる生徒（もしくは教師、関係者）がいるらしい。
女子高生のリアルな生画像は、その筋では高額で売れるらしく、関係者が処分される話は、よくニュースになる。
ただ、そんなニュースの中の出来事が、身近に起こるとは、なんだか不思議な感覚だ。

「さっさと自首しろよ、朝会増やすなっつーの」
「あれ、問題そこなんだ梓ちゃん……」
「もーっ、校長話長いし」

足をばたつかせる梓をなんとかなだめていると、ちょうどチャイムが鳴った。
それが鳴り止んだのとほぼ同時に先生が教室に入り、続いて日向君が入ってきた。
ん？　あれは遅刻じゃないのか？ なんて疑問はもはや愚問。
日向君は平然と席に荷物を置いて座った。
先生はそれを確認してから、口を開いた。

「何人か知ってる生徒もいると思うが、盗撮事件が校内で起こった。今日はその緊急朝会がある。速やかに館履きを持って体育館へ移動すること。以上」

ものの10秒でSHR《ショートホームルーム》は終わり、生徒たちは体育館へと向かい始めた。
日向君は、終始眠たそうに机にあごをつけていたが、珍しく瞳はしっかり開いていた。
わたしは、後ろの壁にかかっている館履きを自分のとついでに日向君のも近かったから取った。
それを持って、いまだ机にあごをつけたままでいる日向君に近づいた。
日向君は、なんだかムスッとした表情をしていた。

「あの、日向君……？」
「あ、わっ」
「わっ、あの、館履き、ついでに持ってきた」
「あ、ごめん。ありがとう」
「考え事？」

「あー、考え事してると、それ以外何も聞こえなくて……」
「聞こえない？」
「あっ、ごめん、とりあえず、気をつけてね。それだけ」
「え」

何が？　と聞き返す前に日向君はまた焦ったように館履きを持って去っていった。
結局、日向君は朝会には出なかった。
やっぱりわたし、日向君に避けられてるのかな。
館履きなんか、持って行かなきゃよかった。余計なことしちゃったな。
悶々《もんもん》としていたわたしには、校長先生の長い話も全く耳に入らなかった。
日向君、いつも助けてくれてありがとう。
この間、古本屋にいたよね？
もしかしてわたしのこと避けてる？
日向君に言いたいこと、聞きたいこと、どうしてこんなにたまってるんだろう。

『盗撮事件が原因で一週間部活動禁止』となったのを、わたしは放課後部活へ行く準備を完全に済ませた後（つまりたった今）知った。

「あんた朝会、全部寝てたんでしょバカ」
相変わらず梓はわたしをあきれたような目つきで見てる。
「いや、あの……まじっすか……」
習字セットを片手にわたしはただ縮こまることしかできない。

「だってどう見たって、もうみんな帰る支度してるでしょっていうか帰ってるでしょ」
「そういえば人があんまりいない……。部室の鍵を返しに行かなきゃ……」
「ごめん、あたし今日急いでるんだけど……、先帰っても平気？」
「あ、そうなの？　大丈夫っすよ、ごめんね」
「すまん、盗撮に気をつけてね！ じゃ」
「おうよ」
なんだよもう、ちゃんと話、聞いてればよかった。
梓が風のように教室を出て行った後、わたしは口を尖らせながら帰りの支度を済ませた。
なんだか最近パッとしないな。
「鍵返しに行くの面倒くさいな……。あ、芸棟の裏から回ったほうが早いか」
わたしはあまり気乗りしないままバッグを肩にかけて気だるそうに教室を後にした。
気付けば教室に残っていたのはわたしが最後で、それも下手したら校内で一番最後だったかもしれない。
ちんたら支度をしているうちに皆は遊ぶ約束やらなんやらして帰ってしまった。
上履きの足跡で白くなったうすい緑色の廊下を歩いて、下駄箱に向かい一旦靴を取ってから芸棟へと向かった。
芸棟裏はゴミ捨て場な上に日当りも悪いのでなんだか雰囲気が少し怖くてわたしはあまり好きじゃない。
けれどその近くに職員室(一階のベランダから中に入れる)があるから、近道をするためにわたしはよくこの道を利用していた。

内側からだけ開けられる芸棟のドアにたどり着いたわたしは、スニーカーに履き替えようと腰をかがめた。
その時、スニーカーが消えた。
正しくは、奪い取られた。

「え」

バッと後ろを振り向くと、そこにはスニーカーを片手に持った日向君が立っていた。
「え、日向君!?」
「部活行くの？」
目を見開いて驚いていたわたしとは反対に、日向君はいつも通り落ち着いていた。
「あ、今日は部活ないよ」
「そっか、じゃあ途中まで一緒に行こう。俺も今、保健室で夕寝して帰ってきたところなんだ」
「夕寝……そういえばこの間保健室の先生怒ってたよ日向君」

なんだ、偶然帰りが重なっただけか。
変に驚いちゃってなんだか恥ずかしい。
わたしは、やっとのことで呼吸を整えた。

「中野、スニーカーの靴ひもほどけてるよ、ほら」
「あ、本当だ！　直すっ」
「スニーカー返してもいいけど履いちゃダメ」
「え？　どんな要求なのそれ、日向君」

まさかのストップにわたしは固まった。
何かのギャグかなあと思ったけど、日向君は至って真面目な表情だった。

「スニーカー持った状態で靴ひも結んで。俺スニーカー持ってるから」
「な、なんでっ」
「なんででも」
「ええっ」

あれ？
今、気付いたけどわたし日向君と普通に話せてる。
避けられてるわけじゃなかったんだ。
胸のうちにたまっていた一番大きいかたまりがすうっと消えていった。
日向君の要求はやっぱりよく意味が分からなかったけれど、わたしは渋々スニーカーを履かずに日向君と共同作業で靴ひもを結んだ。

わたしの使い古したカーキのスニーカーは、斜めになったリボン結びでますます不恰好になった。
そのスニーカーを不満げに見つめているうちに、日向君はささっとスニーカーに履き替えてしまったようで、ドア付近でわたしが靴に履き替えるのを待っていた。
慌ててわたしも靴を履いたけど、やっぱりひもが気になってしっくりこなかった。
今、ひもを結び直してもいいかと聞いたら、すぐにダメと言われた。

「日向君、わけ分からんっ」
「うん、だろうね、でもごめん、今はダメなんだ。職員室に着いたらいいよ」
「や、やっぱり日向君なぞだ…」
「よく言われる。ね、早く帰ろう中野、鍵返してから」

日向君はドアを開けて、わたしを急かした。
すっかり日向君のペースに飲み込まれたわたしは、スニーカーのかかとを若干踏みながらも焦って外に出た。
相変わらず芸棟裏の景色は暗い。
ごみ置き場から更に奥の駐車場まで植えられた木が、日光を大半遮断してしまっている。
芸棟を出てすぐにある短い階段３段を降りて、なぜか日向君と一緒に鍵を返した。
日向君はその間あんまり話してくれなくて、
わたしも話す話題が見つからなくて、
あれ、なんで一緒に行動しているんだろう、
なんて思いながらそのまま校門に向かった。

その時、日向君はぴたっと止まった。
「ごめん、俺、忘れ物したから芸棟戻るね」
「え」
「じゃあ、また」
「ええっ」

まただ。

日向君はいっつもわたしを振り回す。
わたしは、どんどん小さくなっていく日向君の後姿を見ながらまた呆然としていた。
つい最近もこんなことがあったような……。

「あれ、芸棟、外からじゃ鍵を開けられないの知ってるはずなのに……」

ぽつりと取り残されたひとり言は、日向君の耳には届かなかった。

追求

Side of Sae Nakano

「ったく、どこのバカが盗撮なんかしてたんだろうね」

翌朝、昨日と全く同じ場所、同じ格好、同じ表情で、梓が苛立ちを隠せない様子で言い放った。
ただ１つ変わったことと言えば、盗撮が過去形になったことだ。

「犯人、見つかったの？」
驚きを隠せない様子で聞き返すと、梓はため息をついた。
「犯人が誰かっていうのは、かん口令が敷かれているせいでわからないけど……どうも、３年っぽいよ」
「げ、マジ!?」
「芸棟で小型カメラ設置して盗撮してたらしいよ。ほら、あそこ微妙に階段あるじゃん？　靴履くときちょっとかがむだけで見えるらしいよ」
「芸棟!?　捕まったのって昨日のことだよね」
「そうよ。夕方５時くらいだって」
「………」

わたしは思わず口をあんぐり開けたまま、間抜け面をしてしまった。
昨日、利用したばかりの芸棟が犯行現場だったなんて。
わたしは動揺を隠せないまま、梓に更に詳しい情報を求めた。

「なんか、匿名の男子が盗撮カメラ見つけて、犯人待ち伏せたらしいよ。そんで、その日の夜あたり犯人が盗撮カメラを取りに来た直後、逮捕。すごいよね、その人、警察もあらかじめ呼んでおいたらしいよ」
「え」
「まあ、とりあえず今日も解決報告の朝会かな、だるー」

『匿名の男子』が、日向君以外思い浮かばなかった。
わたしは、一旦速まった鼓動を無理矢理落ち着かせて、昨日のことを一部始終思い出してみた。
日向君はなぜかあの時間に芸棟にいた。
わたしがかがんで、ひもを結びなおすことをかたくなに拒んだ。
帰り際、外からの入室は不可能なのに芸棟に忘れ物をしたと戻っていった。
もしそれが、『犯人の待ち伏せ』だったのだとしたら、場所も時間も全てが当てはまる。

ならば日向君は、最初からあそこが犯行現場だと知っていたのだろうか……？

そういえば、普段SHRはいつも寝ているのに、あの日の日向君は寝ていなかった。

怒っていた。

仮に本当に日向君が犯人を捕まえた人だったとしたら、わたしはまた日向君に助けられたってこと？

一体これで何回目だろう。

言う前に何か物をとってくれたり。

聞かなくても次の授業は何か教えてくれたり。

墨のことも……。

今、考えたら少しおかしい。

それにわたし、昨日鍵を置きに行くなんて一言も言ってなかったのに、日向君はわたしより先を歩いて職員室へと向かった。

『あー、考え事してると、それ以外何も聞こえなくて……』

なんとなく引っかかっていたあのセリフも、今更気付いた。

普通なら、「聞こえなくて」じゃなくて、「考えられなくて」じゃないか？

すごく気が利く人なのかな、と今まで思っていたけど、あまりにそれが重なりすぎている。

なぜ日向君は急に焦りだしたのか。

なぜ日向君はこんなに人の心が分かるのか……。

いくら考えても、謎は深まる一方。

けれど、同時に『興味』というもうひとつの感情が芽生えだしていた。
日向君に避けられていると感じて一度は消えかけたその感情が、再び芽を出し始めた。

「梓、ごめん、わたしちょっと」
「え、どうしたの具合悪いの？」
「ごめん、ちょっと」

あと数秒でチャイムは鳴る寸前だったけど、わたしは走った。
多分、日向君はこの時間帯に下駄箱にいるはずだ。
――ここ最近、ずっと頭の中を支配していた日向君。
いつも謎だらけだった日向君。
いつもわたしを助けてくれた日向君。
こんなにも誰かに興味を持ったのは初めてだよ。
わたしは、もう人気《ひとけ》の少ない廊下を走り抜けて、人っ子一人いない下駄箱に向かった。
端から３番目の列。
そこがわたしたちクラス専用の下駄箱だ。
しかし、そこに日向君の姿はなかった。

「いない……っ」
チャイムだけが、虚《むな》しく響いた。
日向君、日向君、聞きたいことがたくさんあるよ。
たくさん、たくさんあるのに。

「……中野？」

「っ」

その時、じゃりっというコンクリと靴の底がこすれる音と共に、上から柔らかい声が降ってきた。
はっとして顔をあげると、そこには首を傾《かし》げた日向君が立っていた。

「日向君」
「どうしたの？　もう遅刻だよ、急ごう」

日向君はこれでもかってくらい目を泳がせていて、一度もわたしを見てくれなかった。
彼はさっと靴を下駄箱にしまうと、上履きに履き替えいつものようにすっと逃げようとした。
わたしはその腕を、つかんだ。
「っ、え」
「日向君、今度は逃げないで」

初めて人を、こんなに真っ直ぐ見つめた。
日向君は、少し目を見開いたまま、固まっていた。
そして、同じようにじっとわたしを見つめた。
玄関から吹いているまだ少し肌寒い春の風が、頬をなでた。

「あの、ね、日向君、わたし、聞きたいことがあるの」

震えた自分の声が、日向君のブルーグレーの瞳を揺らした。

「ねぇ、どうして墨がついてるって、言わなくても分かったの？」
「……」

「授業だって、いつも言わなくてもどうして困ってるのか分かってくれるし」
「……」

「ねぇ、昨日の盗撮事件を解決したのはやっぱり日向君なんでしょう？」
「………そんな、俺は本当に忘れ物を」
「わたし今『忘れ物』のことに触れてないよ。頭で考えてただけ。それに芸棟は外から入れないでしょう」
「……」

「『Ability person in the world』」
「っ」
「古本屋で見かけた後、ネットで調べたよ。あの本は日向君に関係あるの？」

日向君は顔面蒼白になっていった。
「ねぇ。もう逃げないで」

ねぇ、知りたいの。

君のことをもっと。

教えて欲しいの。

ねぇ、知りたいの。

「どうして日向君は、言わなくても人の心が分かるの？」

するりと素直に出た質問。
いっぱい質問をしたけれど、最初からこの質問１つしかなかったような確信を抱いてる。
それはまるで、パズルを完成させていくよう。

「それは……」
「日向君のことが、もっと知りたいよ」
「っ」

そう言った瞬間、彼は一瞬驚いたような表情を見せた。
それから、もう観念したというように、顔を手で覆った。
指の隙間から見えるのは、ブルーグレーのガラス玉のような瞳。

その瞳は、確かに震えている。
でも、何かを宿しているような、真っ直ぐな瞳。
わたしは、そこから一歩も動けなくなっていた。

「中野、俺はー……」

———例えばの話だ。
もし、人の心が読めるなら、授業でいつ先生に当てられるかが分かる。

友達とだってケンカなんか絶対しなくて済むし、その力を利用して大儲けもできるし……。

「……俺は、人の心が読めるんだ」

今、君が何を考えているかだって分かるのに。

第2章
ふたりの秘密

知らぬが仏
Side of Sae Nakano

「……俺は、人の心が読めるんだ」

身体機能が停止したかと思ったんだ。
本気で。
一瞬、何も音が聞こえなくなった。
ドクドク、心音がやけに鮮明に聞こえる。
今、ちゃんと立っているのかも分からない。
どんどん、頭の中が真っ白になっていく。

「……ごめん。信じなくていいから」

びっくりして何も言えない私に、日向君は弱々しい声で謝った。
心臓が、これでもかってくらい活発に動いている。
足元が覚束《おぼつか》なくなって、今にも倒れそうな状態だ。

「……授業、遅れちゃうよ」

そうつぶやいて日向君は教室へ向かおうとした。
みしみしと、日向君が歩くたびに下駄箱と玄関をまたいでいるすのこはきしむ。

「っ」

ダメだ。
今、日向君を一人にさせたらダメだ。
日向君の話を信じるとか信じないとか、それより先に、今、日向君を一人にさせちゃいけない。

電気が走ったように、その警告が私の体を貫いた。

「――ひ、日向君」
「え」
「えっと、あの、く、クッキー一緒に食べませんか……」

我ながらバカな引きとめ方だと思った。
日向君は思い切り怪訝《けげん》な表情をしている。

私は瞬時に後悔した。
引きとめなきゃ良かった。
なんかすごく変人でも見るような視線を向けられているし。
私はすぐにさっきのセリフを訂正した。

「ご、ごめんなんでもないっ……。気にしな……」
「クッキーよりクラッカー派なんだよね。俺」
「……へ」
「まあいっか、クッキーでも」

そう言って日向君は席に座った。
ケロッと態度が変わった彼を、わたしは呆然として見ていた。

「なにクッキー？」
「チ、チョコクッキー」
「聞きたいことがいっぱいあるんでしょ。食べながら話すよ」
「は、はい……」
一番奥の列の下駄箱に隠れるようにして、わたしたちはかがんでいた。
そして日向君の会話にのせられながらクッキーの袋を開けた。
いつもポッケに忍ばせている、お腹が空いたとき用の非常食のクッキー（子袋タイプ）。
日向君はそのクッキーを１枚口に運んだ。
食べ方まで綺麗だ。この人。
「わ、そんなこと初めて言われた」
「へーって、え。今、読……え!?」
「非常食食べちゃってごめんね」

「いえいえ……ハハ。え？」

固まる私に微笑する日向君。どうやら本当に人の心が読めるらしい。
また、ザーッと血の気が引いた。

「……読めるっていうか、ぼんやり聴こえる感じなんだ」
「き、聴こえる……？」
「そう。世界には超能力を持った人が結構いるんだって」

他人事のようにつぶやく日向君は、なんにも興味を持ってないような瞳だった。
ブルーグレーの綺麗な瞳からは、感情は一切読み取れなくて。
…ということは、今こうやって考えてることも全部駄々《だだ》漏《も》れな訳ですよね？
そ、それってすごく恥ずかしいことなんじゃ。

「プライバシーの侵害だよね。これって多分」
「ぎゃ！　ちょちょ、ちょっと待って。今読まないで。たんま」
「たんまって言われても……。まあできるけど」

そう言うと日向君はクッキーをぼりぼり食べながら、たんましてくれたみたいだ。
……それにしてもクッキー食べすぎだよ日向君。
私はそんな日向君の前に人差し指を一本差し出した。

「これから私が質問することに答えてください。黙秘権はなしですっ」
「……はい……」

日向君はキョトンとしながらもうなずいた。

「まず、さっき『たんまできる』って言ったけど、どういうこと？」
「うん、まあONとOFFの切り替えができるってとこかな…。普段はずっとOFFにしてる」

「え……。じゃあ盗撮事件は……」
「あんまり強い感情だとOFFにしてても聴こえるんだよ。盗撮事件も、本当は三日前から犯人知ってた。朝会に出れなかったのも、犯人がその時間帯にカメラを仕掛けに来るの知ってたから。どうせなら証拠ためるだけためたほうがいいなって思って。中野が芸棟来たときは、さすがに焦ったよ」
「そ、それで靴ひもを結ぶことをあんなに拒否したと……」
「そう。あ、テープは全部押収されたから安心してね」

日向君はそのあとも丁寧に教えてくれた。
寝てれば感情は一切聞こえないからよく寝てるんだってこと。
テスト中にゲームやってるのは、テストの答えが聞こえちゃうかもしれないから気を紛らわしてるんだってこと。
相手の感情を読むのには、距離が関係するんだってこと。
———全部、話してくれて。
でも私は日向君が質問に答えるたび、どんどん疑問が増えていった。

「そ、そんなこと私にぺらぺら話してもいいの……？」
「多分ダメだと思う。だから他の人にはバラさないでよ。まあバラしたらすぐ分かっちゃうけど」
「は、ハハ……。ごもっともで……」

思わず背筋がゾッとした。
だって日向君、『バラしたらすぐ分かっちゃうけど』の所で目つきが変わったんだもん。
私は生唾を飲んで一番気になっていた質問をした。

わずかに指が震えてる。
その震えた指のうち、日向君が人差し指だけをつかんだ。
そして、その人差し指をわたしの口に押し当てた。

「ふたりの秘密だよ」
「は、はい……」

『知らぬが仏』という言葉を、どうしてお母さんはもっと強く教えてくれなかったんだろう。
今、仏様がわたしを嘲笑《ちょうしょう》している笑い声が聞こえる。
知りたい、知りたいと、どんどん彼を追求していった結果、『実は彼は超能力者でした』なんてそんなオチのオトギバナシあっていいのか。

「あってもいいんじゃない？」
「は、はは……」

日向佳澄君、わたしのクラスメイト。
特技は、『人の心を読むこと』。
とんでもない秘密を知ってしまいました。

黒猫の生き方

Side of Kasumi Hinata

ついにバレた、俺の最大の秘密。
「あれ、もう朝……」

一日過ぎても、その真実は変わらない。
少し重たい気分のままベッドから起き上がった。
物音一つ聞こえない俺の部屋。
一人暮らしは楽でいい。
「ねみ……」
今までバレないように特別気をつけてこなかったつけが回ってきたんだ。
“こんな能力”をまず勘ぐる人はいないだろうって思ってたから、思い切り油断していた。
「香水くさ……っ」
自分の服から匂う香水の香りに思わず顔をゆがめた。
欲望のかたまりのような場所で働いてるなんて、きっとバレたら退学もんだ。
ケータイを開くと、毎朝必ず着てる知らない女《ひと》からのメール。
“今日も行くね”とか“プライベートで会いたいな”とか、媚《こ》びた文章。
本当、ヘドが出る。
「……クソ女」

俺はケータイをバチンと閉じてＹシャツのボタンを閉めた。
本当ならあんな客が集まる店でなんか働きたくないけど、こうでもしなきゃ生きていけない。
「……ハァ……」
今日はなんだかとても体がだるい。
全身、鉛みたいに重くて。
……学校休もうかなって思ったけど、中野がクラッカーくれるって言ってたから、とりあえず行くことにした。
中野にクラッカーをもらったら帰ろう。

そんなゆるい考えで、とりあえず学校へと向かう支度をした。
中野が、俺の能力をどう受け止めたのか、気になるし。

遅刻ギリギリだったから校門はスカスカだった。
学校は別に苦じゃない。
みんな考えていることがバラバラだから雑音としてしか聞き取れないし、OFFにしてれば更にほとんど聞こえなくなる。
だから常にOFF状態。
プラス洋楽で気を紛らわす。
ガンガン音楽をかけながら教室に入ると、中野が俺に気付いたのかブンブン手を振っていた。
ゆっくりとヘッドホンを外した。
「日向君おはー」
「おはー……」
「例のブツ持ってきやしたぜー」
例のブツ＝クラッカーってことでいいんだろうか？
中野は、こっちがびっくりするくらい普通の態度だった。
ていうか、周りの友達とか怪しげに見てるの気付いてないのかな、中野。
俺なんかと話してるから変な目で見られてる。
……まあ別にどうでもいいけど。
俺はゆっくり中野に近寄った。
「なんかねー、うちのお母さんがクラッカーいっぱい持ってたんすよー。朝ご飯時間ない時いつもこれだから」
「……ナイスなお母さんだね」
「はい。てことでプレゼントフォーユー！　もちろん前田製菓さんのですっ」
俺はそれをしっかりと受け取った。
明日の朝食はこれで決まりだ。
「ありがと中野。じゃあ俺、帰るね」
「はいはーい……って、え！　帰るの？」
「うん。眠いし」
「ええー！」

中野とその周りにいた友達まで驚いていた。
そんなに驚くことだろうか。途中で抜け出したのはもう何十回目にもなるのに。
そう言ったら今まで体調悪いから早退してるのかと思っていたらしい。
あながち間違ってるとは言えない。
「あ、そーだ」
俺は一旦机にクラッカーを置いてから、エナメルバッグをあさった。
中野はキョトンとした表情で俺を見ている。

そんな中野に手を出すよう指示した。
「クラッカーのお返し」
「わ、レモン飴！　ありがとう」
中野はへらっと笑いながらお礼を言った。
レモン好きだったのかな……？
だったら、良かった。
俺は軽く会釈をして教室から出た。
後ろからクラスメイトの声が聴こえる。
いや、読める……か？

「なんで、あの日向と話してんのー！」
「うーん……。黒く汚れあった仲だからねえ……」
「ぎゃー！　梓、サエが大人になりましたー！」
「りさ、それ意味が違う……。ていうかびっくりした日向って香水すっごいねー。新発見…ってあれ？　サエどうした？」
「日向君忘れてった。コレ……届けなきゃ日向君の朝食が……！」

ノイズ

Side of Kasumi Hinata

学校の帰り道の近くにこんな薄汚い街があっていいのかと思うと疑問だ。
周りに同じ高校の奴がいないか注意を払いながらバイト先に向かう。
こういうときだけ、ONにすればいい。
便利なのか不便なのかよく分からない能力。

人込みをかき分けて、聴こえてくるのは汚い感情。
こいつなら金持ってそうだだの、あの女ならダマせそうだの。
「――――っ」
ああ、うるさい。

こういうときは、思ってしまう。
感情なんて人間の中で最も面倒くさい機能なんじゃないかと。
俺は奥歯を噛み締めて、その汚い心の声に耐えた。

「っ」
その時、突然聞き覚えのある声が聞こえた。
振り返った瞬間シャツのすそを引っ張られた。
「や、やっと追いついた……」
「え、中野……っ？」
目の前には少し息を切らした様子の中野。
俺は、思わず目を見開き驚いた。
「クラッカー、忘れてったよ」
「あ、ほんとだ」
さっき飴を探した時、机に置きっぱなしにしちゃったんだ多分。
……いや、問題はそこではない。
こんな危ない所に女が来たらダメだろ。
今は昼だからまだマシなものの、もし夜についてきていたら笑いごとじゃ済まされない。
俺はすぐさま中野に忠告した。
「中野。早く帰れよ。こっちの道は安全だから」
「……へ？　授業今更出る気にならんよー」
「そういうことじゃなくて。いいから早くっ――」
そうこうしていると、ガラの悪い二人がこっちを指差して何かコソコソ話していた。

―――もちろん、全部読めた。
俺は軽くそいつらをにらんでから舌打ちをした。

「中野、走れ」
「え！　待っ……」
俺は中野に耳打ちしてから腕を引っ張ってその場を離れた。

過ぎ去る看板。
追い寄せる恐怖。
眉間《みけん》にシワを寄せながら急いで店の中に入った。
決して安全な店とは言えない、俺のバイト先。
それでも外にいるよりは遥かに安全だった。
「び、びっくりした……！　どうしたの日向君」
「……っ」
「日向君…？」
まだ心臓がドクドクいってる。
聞こえる。
さっきの奴らの声、企み、感情。
———気持ち悪い……。

「日向君、大丈夫……っ？」
「っ……平気……」
「か、顔真っ青だよ」
早く、早くOFFにしなくては。
焦ると余計にその意識に集中してしまうからOFFにしてても聞こえてしまう。
一番最悪なパターン。
思考を消せ。
何も考えるな。
真っ白になれ。
「———っ」

「あ！　佳澄ぃ、お前何やってんだ。んなとこで！　まだ昼だっつーの」

「え……」
「しっかも女の子まで連れてきて」
目の前には焦ったように怒る宮本さんがいた。
スキンヘッドにブラウンのサングラスをしたイカつい感じの人、この店の店長。宮本《みやもと》紫苑《しおん》。独身。
その瞬間、安堵のため息とともにこわ張っていた体の力が抜けた。消える、さっきまでの雑音。
真っ黒だった視界が急にクリアになって、やっとこの店の雰囲気がつかめてきた。
薄暗い部屋にお酒のビンだけが変に光っている、この怪しい雰囲気。
Ｌ字に曲がった長い机に赤い丸椅子が何個も並んでいる。
そして、奥に広がるでかいフロア。
見慣れたその景色が俺を落ち着かせた。
客が一人もいない時の、なんとも言えない空気が、そこに漂っていた。

そんな俺に、もう一度、宮本さんが問いかけた。

「何、お前、早退？」
「……ちょっと訳ありで」
「そう言ってお前は、いつもいつもはぐらかしてんじゃねぇか……！　ああ？」
「い、いはいっす……」
宮本さんは俺の頬《ほほ》を横に伸ばした。
ロレツが上手く回らなくなる。
中野はそんな俺たちを見て“わー、仲良しさんだー”とか言ってなぜかうらやましがっていた。

宮本さんは、一通り俺を叱った後、中野へ近寄った。
口にピアスだらけの奴が近付いてきたら普通ビビるはずなのに、中野の第一声は“ナイススキンヘッドっすね！”だった。

「ぶははっ。君ナイスキャラだねー！　気に入った。名前は？」
「中野サエです。17歳っす」
「俺は宮本紫苑、よく名前と容姿が合ってないって言われてまーす。よろしくねサエちゃん」
あの宮本さんが気に入るなんて珍しい。
女子供は大嫌いなはずなのに。
“追い返すかと思った”と宮本さんに耳打ちしたら、“ペットみたいでかわいいからOK”らしい。
…意味が分からないような分かるような…。
「それにしてもサエちゃん。もう、この店には二度と来ちゃダメだよ」
「えっ、せっかく紫苑さんと仲良くなれたのに」
「うーん俺も残念だけど危ないし、それに、なあ…？　佳澄」
心を読まなくても宮本さんが何を言いたいか分かった。
ブラウンのサングラスから透けて見える、鋭い瞳。
働いてる俺を見たら、きっと今度こそ幻滅する。
「やっぱりここ、危ないんすか……」
ぽつりと中野がつぶやいた。
「そう。危ないよ。佳澄みたいに獣《けもの》じみた奴がいっぱい来るからね」
「おい、ハゲ！　ふざけんな」
「ほーら、こんな風に口の悪い奴ばっかりだからね」

宮本さんは、中野の頭をポンポンなでてそう言った。
「佳澄、ちゃんと家まで送れよ」
「分かってる」
俺は机にエナメルバッグとクラッカーを置いて中野に帰るよう促した。中野は渋々って感じで頷いた。
「サエちゃん、ばいばい」
「またね紫苑さん」
カランという音とともに宮本さんの姿は見えなくなった。
今はちょうどお昼、結構時間がたった。
雲間からのぞく白い太陽に思わず目を細める。
うるさくないけど、騒がしい街。
「また日向君の秘密ゲットしちゃったよー。ははー」
「……本当、内緒にしてよ……」
「もちろんまかせてっ」
中野はへらっと笑ってグーで胸を叩いた。
本当に、ことごとく中野には秘密がばれてしまう。
なんでだろう。警戒心、もっと強めなきゃダメだな……。
うなだれている俺の横で、中野は無邪気に質問を投げかけてきた。

「あの店って、一体何なの？　ホスト？」
「や、簡単に言うとバーかな。俺は接客とか飯運ぶだけだよ」
その接客ってのに少し問題ありなんだけど。
それにしても昨日の今日だって言うのに至って普通な中野にびっくりだ。
「かっこいいねバイト！　私もやりたいけどお母さんとお父さんが大反対でさー」
「……女子が深夜のバイトは危ないよ」

そう言ったら、中野は『日向君って天然紳士だよね』とつぶやいた。
……なんだそれ。
そうこうしながらも、ようやくあの街から抜け出せた。
なんとなく開放感。
普通のファミレスやコンビニを見ると少し安心する。
「そういや、中野って家どこなの。電車？」
「ううん、自転車ー」
「そっか」
「ところで、今は……？」
「大丈夫、OFFにしてるから」
「よかった」
中野は俺に心が読まれていないことを知ると、落ち着いた表情になった。
安心したのか、また質問してきた。
「日向君ってボーッとしてること多いよね」
「え、そう？」
「うんものすごく。もし私も日向君みたいな能力持ってたら何考えてるか分かるのになー」
そう言って中野は俺が朝あげた飴玉を口の中に放り込んだ。
パチンコ玉くらいの大きさのレモン飴。
「……俺の思考なんか読んだって面白くないよ。きっと」
「あー確かに。睡眠のことしか考えてなさそうだねー」
「……」
中野はうんうんうなずきながらそう言った。
悪気はあるのかないのか、OFF状態では不明だ。

アスファルトの割れ目から草が伸び放題の道を並んで歩く。
すぐ真横では何をそんなに急いでいるのかというくらいのスピードで走る車。
ここに住む人達の感情が読めたからって一体なんの役に立つというのだろう。
「……中野はさ、こんな能力欲しい？」
ぼんやり口を突いて出た質問。
それは、俺の能力をどう思ってるのとか、怖くないのとか、そんなことより、ずっと聞きたいことだった。
ずっとずっと、知りたいことだった。
心を読めばわかる。でもそれは怖かった。
だって、それは本心だから。
欲しいと言われても、いらないと言われても、きっと俺はどっちでも満足しない。
本音じゃないかもしれないから。
なのに、聞いた。
答えなんか聞きたくないのに、聞いた。
中野は、一瞬黙ってからそれにのんびり答えた。

「や、そりゃあ、そんな能力あれば、金儲けとか人間関係とか勉強とか全部上手くいくんだ！　うっひょい最高！　だと思うけど」
「………」
「全部読めちゃったら、上手くいっちゃったら、つまんなそうだなーっと。……知りたくない感情も山ほどありそうだし」
「………」

————そうだ。

知りたくない感情なんてこの世には捨てるほどある。
笑顔の裏とか、分かんなくたっていい感情が。
こんな能力いらなかった。
「でもさ、その逆もあるよね」
俺は露骨に眉間《みけん》にしわを寄せた。
「実はイカついお兄さんがチワワ好きだったり」
「逆にすごく怖いよそれ」
まあ確かに“見かけで判断”はしなくて済むけど。
中野は怪訝《けげん》な表情をしている俺の前に人差し指を差し出した。
「じゃあ今から日向君が考えてることを当てますっ」
「……はあ……」
「あそこのケーキ屋さんのチョコケーキが食べたい」
「それって中野の願望じゃないの？」
「うっ……」
そう言うと、中野は押し黙ってしまった。
面白い人だ。見てて飽きない。
結局、彼女の答えは、どっちなのか分からなかったけれど。
中野はその後もこりずに俺の考えていることを予想しだした。
でも、うなぎ食いたいとか、早く家帰りたいとか、全部かすりもしてなかった。
そう言うと中野はすねたように口を尖《とが》らせた。
「じゃあ、何考えてるんすかー本当は」
「……中野が車道側歩いてたから『危ないなー』って思ってただけだよ」

「………ジェ、ジェントルマン……っ」
中野はそのまま頭を抱えて、訳の分からないことを叫んでいた。

いや、だって本当に危なっかしい中野。
俺が車道側歩いてたのに、いつの間にかふらふら中野が車道側行っちゃうし。
なんだかんだ言いながらも、俺たちはチャリ置き場に着いて自転車に乗った。
冷たい風が、頬《ほほ》をなでる。
中野は器用に手離し運転をしながら腕組みした。
……だから危ないって。
「うぅ……。やっぱり無理っす日向君が考えてることは意味わからん……っ」
「俺は中野のほうが意味が分からないけどね」
「へっ、今、まさかONにしてんの……!?」
「俺がイタリアンでボンジュールでセバスチャンってなに……。意味わかんないんだけど」
「どわー！　ダダダメ。OFFにしてください。読まないで」
俺は気付かないうちに、いつの間にかONにしていたんだ……。
仕方なくすぐにOFFにした。
中野が俺のケータイを逆パカするって脅したからだ。（さすがにそれは嫌だ）。
……でも悪いけど、読めちゃったんだ。

「んじゃ、日向君。うちん家《ち》、もうすぐだからこの辺でいいよー。送ってくれてありがとう」
中野の家はもっと遠くにあるってこと。
俺が体調悪いことを随分前から察していたということ。
だからすぐに帰してあげなきゃと思って、家は近くだと嘘をついたこと。

俺は思わず笑ってしまった。
中野に気付かれないようにうつむいて口を手でふさぐ。
「えっ、日向君もういいっすよ本当に。紫苑さんにシメられるのでは……！」
「……俺ちょっとこっちに用事あるんだ」
「あ、そうなんすか」
中野はそのまま頭の上にハテナマークを羅列させていた。
確かにここは全然危なくない場所だし、今は昼間だから一人にしても平気だと思うけど。
なんとなくまだ帰りたくなかった。
隣では中野が何かの主題歌を歌っている。
デコボコの道路をギア２で走る。
髪が後ろへ流された。
なんだかとても心地よい。
「中野、それなんの歌？」
「電撃戦隊ポップンハート」
「へぇ……」
本当にどうでもいい質問をしてしまったと思いながら、俺はぼんやりさっきのセリフを思い出していた。
『でもさ、その逆もあるよね』

―――ああ、あの言葉の意味がやっと分かった。
知らなければよかった感情の逆は、知ってよかった感情。
「日向君、今日は早く寝たほうがいいっすよ」
「……うん。そうする」
見えない優しさ、分かりづらい思いやり。
初めて見つけたかもしれないな。

この能力のいいところ。
――気のせいか、ペダルはいつもより軽かった。

損な日

Side of Sae Nakano

本音を言うと、日向君のことは全部夢なんじゃないかと思う時がある。
信じてないわけじゃないけど、どこかまだ信じきれていない。
まだまだぼんやりしているのだ。
「中野、テメー、マジしばくぞ。ああ?」
「すすすいません……。朝倉先生……」
「雑念を払え雑念を。じゃないとお前の筆の毛逆立てんぞ」
「それだけは勘弁を……!」
ベシベシ頭を乾いた大筆で叩かれながら私は謝った。書道室に響く部員のくすくすという笑い声。
怒られたはずみで、思わず半紙に墨をたらしてしまった。
……せっかく上手く書けてたのに……。
「はい……書き直しだ、書き直し。書け。そして書け」
「はい……」
書道部顧問・朝倉時雨《あさくらしぐれ》。独身。
こんなドSな人をはたして教師と呼べるのだろうか。
大体容姿と字の上手さが絶対に噛み合ってないこの人。
整った顔にホストみたいな髪型、アンド眼鏡。
黒髪と眼鏡でせめて教師っぽくしようとしてるみたいだけど、絶対カバーしきれてない。

大体この畳の部屋とミスマッチにも程がある。壁じゅうに飾られている作品がかすんで見えるくらいだ。
「中野ー。さっき、俺はなんて言ったっけなあー？」
「ざ、雑念は払うっす」
「分かってんじゃねぇか。偉いよ偉いよ。だって部長だもんなー？」
「きょ、恐縮っす」
朝倉先生は低音ボイスでしゃべり、私の頭をぐしゃぐしゃにして、他の部員の字を見に行った。
思わず安堵のため息を漏らしたその時､肩を誰かに小突かれた。

振り向くとそこにはニヤニヤした表情の、りさがいた。根元近くまで真っ黒な筆から今にも墨汁がたれそうだ。
「いーなーいーなサエー。また、時雨先生と話せて」
「いやいやいや……。どこの何がいいんですか……」
「えーだって普通にかっこいいじゃん時雨先生。後輩からも人気だよー。それに先生目当てで入部した子も多いし」
りさの話を適当に流しながら私は半紙を置きなおした。
位置とか結構こだわるほうなので、意外とこうした作業が面倒くさい。
「よし書くぞ」と意気込んだ瞬間、りさがまた話し出した。
……空気を読もうぜ……。
「サエと先生って仲良いよねー。なんか時雨先生もサエには特別優しいしっ」
「あの……。どこをどう見たらあれが優しいと……？」
「だって髪なでられたりとかサエ以外された人いないよ！」
「あれはなでるというより、なでつぶす感じでは……」

りさのマシンガントークに押されながらも頑張って字を書き続けた。
だけど、それはそれはもうひどい字だった。はねのところとかもうやばすぎる。
りさも横から顔を出してその字を見てぷっと吹き出していた。
こ、こんのやろう！
私は仕返しにりさの半紙に墨を飛ばそうと筆を持ち構えた。
———その瞬間、

「なーにやってんだ？　中野ー」
影で薄暗くなる私の半紙。
「いやいやいや……。長井さんの半紙にも字書いてあげようかなーっと思って……」
「ほーぅ。それはそれは親切なことだなあ。さすが部長……」
「きょ、恐縮っす……」
こめかみに硬いものがあたったと思ったらそれを思い切りぐりぐりやられた。
「ぎゃー痛いです！　すいません、許してください。本当にもうしませんんー」
「お前は部長のくせに頼りがいなさすぎだ！　もっと気張れ！『集中』って字を百回書け」
先生に拳骨を食らいながら私はひたすら謝った。先生が指につけてるごつごつした指輪があたってすごく痛い。なんでいつも私ばかり怒られなければいけないんだ！
「中野、お前、文化祭に展示する字もー……」
「あ」
私はそんな先生の声をさえぎって思わず大声をあげた。

部室の前の廊下を日向君が通ったからだ。
日向君は一瞬ビクッとしてからこちらに振り向いた。
「中野……。なにやってんの？」
た、確かに……。そういやなんだこの状況……。拳骨されてる生徒って……。
「せ、説教されてます……」
見ての通りです。
「日向、お前もついでにこいつに喝《かつ》をいれてやってくれ」
「い、いいっす遠慮しときます！　さよなら日向君。引きとめてすいませんでした」
日向君はそんな私の思いとは裏腹にヘッドホンを外しながら書道室にとぼとぼ入ってきた。
上履きをちゃんとそろえて畳の部屋にあがって。
他の部員たちのテンションが明らかに高くなっていた。
もちろん主に女子。
「俺、一回この部屋に入ってみたかったんだよね」
「入部するかあ？　日向」
「や、それは……。俺、字とか究極に下手だし……」
先生は私をやっと解放してくれて、そのまま、物珍しげに部室内を見渡す日向君の元へ近付いていった。
「中野、字、上手いんだね」
日向君が壁にかかってる私の字を見ながらつぶやいた。
それでちょっと鼻高々になっていると、先生がすぐに口出ししてきた。
「あー？　ばっか日向よく見ろ。俺の足元にも及んでねぇよ」
……このやろう。

「……俺からすればみんな上手いです」
「あー。お前、字だけは天才的にアレだよな。頭はいいのにな」
「………」
さすがの私もなんのフォローもできなかった。
日向君の字はお世辞でも綺麗とは言えない。
まさしく男子って感じの走り書きのような感じなのだ。
最初、日向君の字を見たときは本当にびっくりした。
左利きというのも原因かもしれないけれど、字の下手さと容姿が全然噛み合っていない。
他の部員の子も、なんとも言えない様な表情をしていた……。
日向君よ……。
「……じゃあ俺、そろそろ帰ります……」
日向君は気まずい空気に耐え切れなくなったのか、小さい声でつぶやいた。
そして、くるりと踵《きびす》を返して書道室から去ろうとした。

———その瞬間、ビリっという嫌な音がした。
ピタッと固まる部員一同、朝倉先生、日向君。

視線は日向君の足元に集中した。
「……あ」
破けたのは、りさのせいではねがおかしくなった失敗作。
そんなの別に破けても大丈夫だよ、と言おうとしたけれど、日向君の顔は真っ青だった。
「え、あの日向く……」

「あーあ、やっちゃったな日向。これ、中野の最高傑作だったのによぉ」

え……！
ななな何を言ってるの、この人は……？
私は目を見開いて朝倉先生のほうを振り返った。
……悪魔の羽が見えた。
「お詫びに片付け手伝えよ、日向」
「あの、バイ……」
「まさかバイトがあるなんて言わないよなあー？　じゃあ、あそこの畳についてる墨の染み落としよろしくー」
「…………」
あれ前に朝倉先生がこぼした墨の染みなのに…。
ものすごく日向君が不憫《ふびん》に思えた。哀れとしか言いようがない。
あの先生に捕まった時点でもう逃げられないことは決定済みのようなものだ。
日向君は何も言い返せなくて、ただ固まっていた。

「じゃーよろしくな日向ぁ。ハッハー災難だったなー、それにしても。はい、じゃあ今日は終わり一解散!」
先生の足音と笑い声が部室から消えて少し経った後、日向君は地味に雑巾とバケツを取り出して廊下に出た。
なんて切ない後姿だろう……。
哀れみの目で皆が日向君を見つめていた。
ひ、日向君よ……。

私はその後すぐに自分の習字道具を片付けてから日向君のもとへ向かった。
りさと梓は「みたいドラマの再放送がある」って言ってさっさ

と帰ってしまった。薄情者にも程がある。
１年生は、全員残って日向君のお手伝いをしてくれた。
なんとも偉い子ばっかりだ。どこかの２年生とは大違い。

「日向君、お疲れーっす」
「……すごい笑顔だね……」
「いやいやいや。だって、あまりに日向君と雑巾が似合わないから……ぶ」
「笑うなって」
日向君は、ちょっとふてくされたように怒った。
でも、洗い場で一人雑巾を洗っている日向君は、あまりに不自然だ。
他に誰もいない廊下に虚しくジャブジャブという水音が響いている。
「わ、冷たっ」
私も雑巾を水で濡らそうとしたけど、水の冷たさにびっくりして思わず指を引っ込めてしまった。
なのに日向君は至って平然と雑巾を洗っていた。

その様子に驚いていると、突然日向君が弱弱しい声を出した。
「中野、あの、ごめん本当……。習字、破いちゃって……」
「あーあれは全然いいっすよもう。平気なんで本当に。それに失敗作だったし。あはー」
「や、でも……」
日向君はまだ申し訳なさそうにしていた。
私が気をつかって嘘をついているとでも思っているのだろうか。こんなの読んでくれれば一発で分かると思うんだけどな。
この気持ちが伝わらないということは、OFFにしてくれているんだ。
安心なようで、でも、読んでくれたら楽だったり……。
やっぱり人間っていうのは難しい。
私はぼんやり考えながらも雑巾を絞った。
黒くにごった水がしたたり落ちる。
目の前の窓からはなんの変哲もない灰色の風景。穏やかすぎる午後。
「あ、そうだ日向君、バイトは平気なの？　そろそろ本気でやばいんじゃ……時間」
急に思い出したことを問うと、日向君は一瞬黙ってから答えた。
「うん。まあ別に俺は夜だけだからまだ平気なんだけど、宮本さんが開店前の掃除一人で平気かなーって思って……。今日他の人も遅れるって言ってたから」
「え！　やばいじゃんかそれ。早く行ってあげなよ日向君。……って、ぎゃ！」

私は思わず驚いて蛇口を逆にひねってしまった。
その瞬間、滝のように水が吹き出た。
制服はもちろん水しぶきでびしょびしょ。
慌ててさっきとは逆の方向にひねったけどもう手遅れ。
日向君は地味に吹き出していた。いっそのこと思い切り笑い飛ばしてくれれば良いのに。
「大丈夫？　中野。この間の墨といい……」
「うぅ……。すんませんデジャヴで……」
「前髪まで濡れてるよ」
『これじゃあ宮本さんどころじゃないね』とつぶやいてから日向君はエナメルバッグからタオルを取り出して私の頭をわしわ

し拭いてくれた。
このタオル使ってないからとつぶやいて。確かにタオルからは清潔な香りがした。そこらの男子とはやっぱり違う。

ふとなんとなく上を見上げるとタオルのタグに黒マーカーで“かすみ”と書かれていた。
その瞬間ぶっと思い切り吹き出してしまった。
「アハっ！　アハハハ、名前書いてんだ私物に」
「あーコレ、宮本さんが無理矢理書いて……」
「ふははっ」
宮本さんも日向君に負けず劣らず字が下手だった。
……さすがだ。
ブランドもののおしゃれなタオルなのにコレで一気にダメにしている。
私はしばらく笑ってから、『タオルありがとう』とお礼を言った。日向君はムスッとした表情をしていた。
「俺だってやだったよ。こんなん……」
「でもやっぱり佳澄って名前、綺麗だね。どんなに下手な字で書いても綺麗だよ」
「……そうかな……？　別に普通だと思うけど」
日向君はタオルのタグをまじまじと見つめながら言った。
こんなに綺麗な名前なのに気付いていないのはもったいない。
「じゃあさ、今度書いてよ、俺の名前」
「お。いいよー、まかせてっ」
グーで胸を叩いた瞬間、後輩が後ろからパタパタやってきた。
「部長、畳の染みもう大分落ちましたっ」
「うおーお疲れ様ー。じゃあ日向君もう帰って平気だよ」

「ていうか部長なんでそんなに濡れてんすかっ」
「たはー事故」
「風邪ひきますよ！」
日向君は後ろでまた地味に『中野って部長だったんだ……』とつぶやいていた。
そしてふし目がちに、
「じゃあ俺、帰るね」
と言った。
後輩も日向君にぺこりと頭を下げてから、また書道室に戻っていった。日向君も軽く会釈して、ゆっくりと廊下を歩き出す。
「あっ……日」
慌ててバイバイって言おうとしたら、日向君がこちらにくるりと振り返った。少し驚いて私は思わず黙ってしまった。
その沈黙を破ってぼんやり話し出す日向君。
「さっき俺の名前、綺麗だって言ってたけど」
「……あ、はい……え？」

「中野の名前のほうが綺麗だよ」
「え」
息が止まった。
ほんと、突然でびっくりして。
私が頭の上にハテナマークをたくさん浮かべていると、日向君は“じゃあね”と言ってまたぺたぺたと廊下を歩き出した。
「ジェ、ジェントルメン……」
本当に何を考えているのか分からない人。
キャッチコピーをつけるなら『無気力紳士』で決まりだ。

赤い彼女

Side of Kasumi Hinata

重たいドアを開けると、中ではもう何人もの客が盛り上っていた。
俺に気付いた宮本さんが片眉をあげて、あごで更衣室に行けと指示する。早く着替えろってことだろう。
俺は制服のボタンをぶちぶち外しながら奥の部屋に向かった。
怪しいほどに薄暗い店内は香水の匂いしかしていなくて、。
その匂いを断ち切るように俺は更衣室に逃げた。
一瞬、さっきまでの空気との違いに思わずめまいがした。
いつもどおりのしわしわの黒いシャツに着替える。
店の人にはもうちょっと服装に気をつかったらどうだと注意されるがもっぱらそんな気はない。服なんかどんなのだっていい。
それより、中野、制服乾いたかな。
ぼんやりそんなことを考えながら俺は、またさっきの香水臭いフロアに戻った。
ドアを開けた瞬間体を突き刺すのは、酒の匂いと香水の香りと俺を呼ぶ女の声。
「日向君。注文いい？」
「……はい」
「相変わらず愛想ないよね」
暗闇に沈む明るい茶髪の巻き髪を揺らして彼女は手を上げた。
雪さんという人で、今日で来たのは２回目だ。
爪には周りから浮くほど真っ赤なマニキュア。

まさにキャバ嬢を絵に描いたような人が手前から２番目のカウンターに座っていた。
「……ご注文は」
「日向君がいーな」
「………無理です」
「本当につれないのね」
雪さんは俺の第２ボタンを人差し指に引っかけて、頬を膨らました。
俺は、無言で即座にボタンを直した。

「そういうのをお求めだったらそれ相応の店に行って下さい」
「ホストは嫌。だって皆のもので簡単に触れるんだもん。日向君はね、簡単には触れないから燃える」
「で、ご注文はないんですか」
「……マティーニ」
ちょうど音楽が変わった所で俺はカウンターに向かった。

雪さんは相変わらずふてくされた表情で腕組みしている。

俺は宮本さんに注文を告げてからまたフロアに戻った。
混沌とした感情が、ふわふわと店に漂っている。
ここでONにしたらどんなことになるだろうか。
きっと感情に押しつぶされて頭痛がする。
明らかに下らないわい談してるクソ親父の頭ん中なんか見たくもないし。
「なーにボーッとしてんの佳澄ちゃん」
「……あ。遠藤さん」

肩にポンと手を置いて来たのは、いかにもホスト系の容姿の遠藤さん。
俺はそんな遠藤さんにぼそりと愚痴《ぐち》をこぼした。
「この……バーだか居酒屋だか分かんない雰囲気が、どうもいまだに苦手で……」
「あー佳澄、バイト初日ん時もびびってたよなー。あ！　確かお前オカマの純ちゃんに頬にいきなりキスされて石化してたっけ。あれ、マジ最高だったし」
「せっかく忘れかけてたのに……」
「だはははは！　ヒィー、受ける。お前本気で純ちゃんに気に入られててさー。真っ赤なキスマークつけられて慌ててゴシゴシ服の袖で拭いてー、ぎゃはははは、ヒィー、耐えらんねー!」
遠藤さんは腹を抱えて爆笑していた。
……お客さんからの視線が痛い。
純とかいう人は今もちょくちょくここに来る人で、俺はその日はバイトを休んでいる。
トラウマって奴なんだ。
「……ま、冗談はさておき、なんかやばくね？　雪って人」
俺がうつむいて顔を青くしていると、突然遠藤さんがつぶやいた。あまりに唐突な話題の変化に、俺は少し戸惑った。
「あれはかなりしつこいタイプだぜ。俺が世の中で一番嫌いな人種だね」
「……しつこいっていうかあきらめの悪い人が嫌いなだけじゃん、遠藤さんは」
「ハハ、かもね。俺があきらめ早い奴だからなー」
遠藤さんはそのまま客に呼ばれて奥へと消えていった。『お前これからうかつに女の子と街歩けないかもな』と脅してから。

俺もなんとなく嫌な予感がした。ほんと、勘だけど。
あの雪って人は危ない気がする。
俺は大事になるその前に、何を考えているか読もうとONにしてみた。

―――その瞬間、
「佳澄く――ん！」
「っ」
入ってきたのは、女みたいな格好をした男。
俺のトラウマの人……純。
血が一気に引いていくのが分かった。全身に鳥肌が立った。
「もう、最近全然会わないから寂しかったあー」
「あれー純ちゃん、今日来るの珍しいねー」
「そうそう、お仕事早く終っちゃってさあ!」
宮本さんと純っていう人の会話を聞きながら、俺はどんどん目の前が真っ暗になっていった。
ぐらぐら揺れる視界。
結局、俺はその日、雪さんの感情を読めないまま、純さんに散々絡まれて一日を終えた。

錯綜

Side of Sae Nakano

気付いたらもう文化祭のシーズンだった。
普通の高校より随分遅れた時期だけど。
「屋台がいい。絶対屋台」

「お化け屋敷がいいよー！」
「えー。去年と一緒のドーナッツ屋でいいじゃーん。好評だったし」
様々な意見が繰り出される中、私はただただ混乱していた。
なぜかね。
なぜかいつの間にか文化祭実行委員になってたりとかね。本当なぞなんですが…。
どうやら、みんな文化祭で発表するバンドやダンス、歌の練習で忙しいらしい。
「あの、じゃあ、とりあえず多数決で、候補を黒板に書くんで一人一回手ぇあげてください……」
きょどりながらも、私は黒板に字を書いた。後ろではみんながざわついている。
同じ実行委員の田中君は本当に無口な人でコレといって役に立たない。
た、助けてーと心の中でなんども叫ぶ。
でも、なんだかんだ言って、みんながとてもやる気なのはありがたい。次々と出てくる案を、私は黒板に書き写すのにいっぱいいっぱいだった。
「じゃあ、挙手してください。まずお化け屋敷に賛成の人—」
なんとなく日向君に目をやると、机にうつ伏せてぐっすり睡眠中だった。
体調悪いのかな……なんか知らないけど、朝すごく顔色が悪かったし。
と、思ったらゆっくり手だけ挙げて、よれよれしながらもこの話し合いに参加していた。

「じゃあ、あの、今年もドーナッツ屋に決定ですがいいっすか？」
「大丈夫だよ中野ちゃん。文句言う奴とサボる奴はあたしがしばく」
「あ、あざーす」
とりあえず意見がまとまったことにほっとする。（こういう風に多少強引でもまとめてくれる人がいるととても助かる）。
先生は即座に終わりの号令をかけて、ちゃっちゃと教室を去っていった。
ざわざわと今まで以上に騒ぎ出す教室。
もちろん話題は文化祭のことでもちきり。
「うし。二人でがんばんぞ、田中君よ！」
なんだかんだでとても楽しみだ。私は田中君と握手を交わして意見をまとめた黒板をノートに書き写し始めた。
田中君はそんな私に気付かず普通に黒板をシャーッと消してしまった。
……いきなり先行き不安。

「サエー看板こんなんでどー？」
「うおー!　やべーさすが美術部。完璧っすよ」
「わーやったー」
着々と進む文化祭の準備にみんなのボルテージも上がってきていた。今みたいにほとんどの子が放課後まで残ってやってくれている。実行委員としても凄く嬉しかった。

「文化祭、盛り上がると良いねー。絶対一緒に今年も回ろうね、サエ。梓も誘って」

「もちっすよ」

子供みたいにはしゃぐ、りさにつられて私も思わず笑みをこぼした。窓からは溶けたような夕日の光が教室と皆をオレンジ色に染めている。

接着剤やペンキのにおいがきついけど、まさしく文化祭にふさわしい雰囲気に胸の奥からゾクゾクと何かが込み上げてきていた。

楽しみで楽しみで、今なんか凄く叫びたい。分かるかな、この感じ。

「あれ。そういや男子が見当たりませんが」

突然気付いたのか、りさが間抜けな声を出した。

「んー、なんか隣の部屋で、大きいセット作りやってるようですよ」

「ほぅー。まかせて平気かしら。めちゃめちゃ心配」

私はりさのセリフに苦笑しながらも教室をあとにして、追加を頼まれていたペンキを取りに準備室へ向かった。

うちのクラス以外、残っているところは一つもなかったことにびっくりした。

奇妙なほど静かな廊下。

響くのは私の足音だけ。

「あ、あったあった」

そんな廊下を走ってほこりっぽい準備室に入った。見つけたペンキをしっかりと両手で持ちあげる。このペンキがなかなか重い。困ったものだ。

「うし、行くっ！」

私は気合を入れなおしてペンキを運んだ。思わず足がふらついてしまった。

「あ」
すると、前方に日向君を発見。
袖をまくってなにやらデカいゴミ袋を二つ担いでいる。どっちとも今にも袋が裂けそうだ。
おかしいな。
さっきまでなんの足音もしなかったのに。この階にいるのは自分だけだと思ってたのに。
不思議に思いながら私は片手を上げて『どもー』と言った。
小さい声で言ったはずなのに声はかなり響いて大きく聞こえた。日向君はそんな私の声にぱっと顔を上げてスタスタとこちらに近付いてきた。

「重そうだねペンキ」
「ほほほー。よ、余裕っす」
「俺のと交換する？」
「いや遠慮しときます」
真顔で拒否したら、日向君は冗談だよって小さく笑った。
相変わらず消えちゃいそうなくらい綺麗な笑い方だ。
２本に増えた影に重なる足音が、なんだかとても不思議な感じだった。
「今は……？」
「OFF。安心して」
最近、日向君と話すときに、心が読まれているか確認するのが習慣になっていた。
OFFといわれればもちろん安心する。

けど、ONであって欲しいときもある。
我ながらフクザツな乙女心だ……。

「そういやさ、こないだまで元気なかったよね。どうしたの？」
と、切り出した。
「……バイトで」
「バイト？」
「ちょっと、トラウマの人と再会して……」
日向君の表情がどんどん曇っていったので、私は慌てて話題を切り替えた。

なんとなくで聞いてみたことだったんだけど、どうやら触れてほしくない話だったらしい。
顔を真っ青にしているあたり、余程嫌な人に再会したのだろう。
そんなことを思いながら文化祭の話に持ち込んだ。
「男子はセット作りどう？　順調？」
「……順調、かな」
「おー。お疲れ様です」

日向君はまだ少し顔を青くしていたけれど、そう答えた。少し、表情に曇りがあった気がしたのは考えすぎかな。
ガサガサゴミ袋を揺らしてる日向君と歩いていると、いつの間にか足音が増えていたことに気付いた。
よくよく耳を澄ますと、奥の階段から聞こえる、複数の下品な笑い声と怒鳴り声。
「あー、これ多分、伊藤君とかの声かな。というかなんか問題発生中……？　ケンカ？」
「……」

さっきまでの穏やかな時間が嘘みたいだ。
日向君は、わずかに眉間にシワを寄せていた。
「………さっき、もめてたんだ。大道具作ってたらいきなり伊藤の彼女が来て……」
「え」
「もめ事とか、怒りとか、そういう強い感情はOFFも聞こえる。だからゴミ捨てに来たんだよ今。離れれば聞こえないし、そういう話は絶対読んだらいけないと思ったし」
日向君はうつむいて途切れ途切れに話した。
さっきの表情の曇りは気のせいなんかじゃなかったんだ。
そうこうしている間にも伊藤君たちの声は近付いてきた。
ほんの、数メートル先にいる。

「マジ受けるよな伊藤、教室の中心で別れ話とか」
「っせーよ」
「そんなイライラすんなって伊藤。どうせ今回も遊びだったんだろう」
「あの女ぶっ殺す……。恥かかせやがって」
３人の不良が廊下に横に並ぶと、それはもう迫力があった。
思わず怖さに身じろいだその瞬間、ぱっと伊藤君がこちらを向いた。
詳しく言えば私の隣にいる日向君のことを見た。

「あー超優等生の日向様じゃーん」
良い八つ当たりが出来そうな人を見つけた、というように彼は笑った。けれど、明らかに嫌そうな表情をした日向君に腹がたったのか、伊藤君は舌打ちをしてからこっちにどんどん近付いてきた。
こ、怖い。
日向君はおびえてる私に気付き、『早くペンキ届けなきゃいけないんじゃないの』ってつぶやいた。
先に早く帰れってことだろう。
「で、でも……っ」
「早く」
私が戸惑うと、日向君はこれでもかってくらい低い声と怖い顔つきでささやいた。

「ひっ！　は、はいっ……」
即座に返事をしてしまった。
ノーとは言わせない瞳だ、日向君の目は。
私は怯えながらもその場から立ち去った。
心臓がまだバクバクいってる。
日向君を置いていってしまった罪悪感で胸はいっぱいだ。
で、でも別に暴力沙汰になるわけじゃないだろうし。
でも、でも、もしかしたら……！
ああ、なんて奴なんだ私は。
最低だ。こんなのただの言い訳だ。

「う、うし！　いざとなったら加勢」
私はそっと階段の陰に隠れ、座り込んだ。廊下に響く伊藤君の声に耳を澄ませる。私なんかがいったって足引っ張るだけだろうけど。
しんとした廊下は、妙に張り詰めていた。
息も出来ないほど。

「俺さあ、日向みたいなの嫌いなんだよね。いっつもすかしてて、無関心で。お前、自分以外はみんなバカだと思ってんだろ」
日向君はまだ一言も発していない。私は、怒りで頭がどうにかなりそうだった。
何言ってんだあの人。勝手な先入観で日向君のこと悪く言って。
ギッと奥歯を強くかんだ。
だけど尚も続く、汚い言葉の暴力。
「さっきのだってよ、スーッとゴミ捨てに教室抜け出しやがって。本当はだせぇ奴って盛大に笑ってたんだろ？」
何を言ってるのこの人。
「なあ？　そういうところが本気でうぜぇんだよ。一人だけすかしやがって」
日向君は、そんな人じゃない。
「もういーじゃん。行こうぜ、伊藤」
「早く帰ろう。日向様は伊藤と話す価値もないって」
「チッ、あー気分悪ぃっ」
日向君は、そんな人じゃない。

ゴミ箱が蹴られた音がした後、伊藤君たちの声は段々と聞こえなくなっていった。
遠ざかる足音。
静寂を取り戻す廊下。
―――あふれる怒り。
私はひざに顔を埋めてうつむいた。体が動かない。
その瞬間、うっすらと誰かの気配を感じた。顔を上げると、そこには苦笑している日向君がいた。
「やっぱりここにいた。帰っていいって言ったのに」

「……っ」
私はその瞬間、なぜか目頭が熱くなった。一気に、視界が揺れて、にじんで。
「っ……なんで、なんで何も言い返さないの日向君っ……」
「え!?　な、中野なに泣い……」
「う゛ーっ」
『ごめん、俺なんかした？』と思い切り慌てだす日向君に、私は首を横に振った。
「もし私がケンカ強くて男だったら、絶対殴り倒してたよ、今の奴……！」
「そ、それ捕まる……」
日向君の声は相変わらず焦ったような感じだった。
でも、困らせてるって分かってても、言葉は、感情は止まることはない。

納得いかないよ。
「なんで。なんで日向君があんなこと言われなきゃなんないのっ……」
「中野……」
『ありがとう』って、日向君が小さくつぶやいた。
私はぐしゃぐしゃの顔のまま、日向君の声に耳を澄ました。
「でも、さっきのは言われて当然のことで。それにさっきみたいのは初めてじゃない。しょうがないんだ」
「………」
「この能力を持ってる限り、仕方のないことなんだよ。それに性格の悪さも結構あたってるし……」
「あたってない！」

私の声に日向君が一瞬ビクッと肩を揺らした。自分でもなんでこんなに怒ってるんだか分からない。
―――違う。
怒ってるんじゃないんだ。悲しいんだ。
誰も日向君の本当のよさに気付いていないことが。
日向君の切なそうな笑顔が。声が。
痛いほどに悲しい。
私は精一杯声を絞り出した。
まるですり切れたカセットテープに録音されたかのようなかすれた声。
「日向君はいい人だよ。冷たくなんかないよ……っ」
「え」
「優しいし、気配りも出来るし、全然普通の人と変わりないよ。同じだよ。能力とか関係ないよ。だからもっと自信持って。日向君はちゃんと優しいよ……っ」
「っ……」
その瞬間、一気に視界が真っ黒になった。
ドクンドクンと鮮明に伝わる鼓動。体温。
肩に回っているのは、日向君の白い腕。
頭が、一気にフリーズした。
「え、あの」
「……ご、ごめん衝動的に手が……なんか子犬泣かせたみたいでつい……」
「ど、動物扱い」
日向君はまた『ごめん』とつぶやいてから私から離れた。
体温が、奪われた気がした。
それくらい、日向君の体は冷たくて。

「ありがとう中野。なんか……上手く言えないけど嬉しかった」
「え」
「俺のために怒ってくれたのが嬉しかったんだよ。意味、分かるかな？」
「あー」
薄い反応の私に、日向君は、『分かってないね』とつぶやいて苦笑いをした。

だけど、
「……中野がわかってくれさえすればいいよ、俺は。もうそれだけで充分」

日向君はそうつぶやいて、私の涙をスッと指で拭《ぬぐ》ったんだ。
なんだか分からないけれど、日向君がすごく嬉しそうにしていたので、私もさっきまでの怒りが少し静まった。
私は何か少し力になれたのかな。
ただの自惚《うぬぼ》れかもしれない。
それでも、さっきまでの無理矢理な笑顔とは違う、自然な笑みの日向君に私もなんだか嬉しくなった。

「……中野の泣き顔初めて見た。中野も泣くんだね」
「……あの、私も一応、人間なんですが……」
そう言うと日向君は小さく笑って「嘘だよ」ってつぶやいた。
なんだか優しい気持ちでいっぱいだ。
やっぱり、この人と話すのは心地よい。
超能力があってもなくても、そんなの全然関係ない。
人一倍繊細で敏感な日向君、きっとこの能力は日向君だから与えられたのかもしれない。
他の人がこの能力を持っていたらどうなったのだろう。

そんなことをぼんやり考えていると、2階から『なーかーのー！　ペンキ！』という声がした。
「はっ、いかん。忘れてた」
慌ててパッと立ち上がり、上に向かって『いーまーいーくー』と叫んだ。
すぐに、『おせぇよハゲー！』と返ってきた。
す、すいません……。
「早く行きな中野。菊池、怒らせたら大変だよ」
「ご、ごもっとも…！　じゃ、失礼します」
白く日光が反射した階段を２段飛ばしで駆け上がる。
そのたびに足音は響いて、日向君がどんどん小さくなっていった。
階段を曲がる直前、私は手すりにつかまってひょこっと下を見下ろした。
日向君はソレに気付いて『どうしたの』と苦笑する。
私はへらっと笑って手を振って言った。
ゆっくりと強くなっていく気持ちを。

「また。明日ね」
「うん。ばいばい」
「ばいばいっ」

明日も明後日も君に会いたい。

アンダンテ

Side of Kasumi Hinata

ただ単純に嬉しくて、あんな気持ちになったのは初めてかもしれない。
強く強く思ったのは、バレたのが中野で本当に良かったということだった。
なんども頭の中で流れるあの映像。
中野の泣き顔。涙。
なんだっけ。
中野なんで怒ってたんだっけ——。
「なーにボーッとしてんだ佳澄。早よ起きろ。ソファーなんかで寝たら筋肉痛になるぞ」
その瞬間、バコッと頭に何かがぶつかった。
「毎回言ってるけどなあ、いっつもバイト終ったあと、ここにそのまま泊まっていくのはやめろっつの。家帰れ」

押し迫るように広がる天井に思わず目がくらんだ。

さっきの夢の余韻でまだ頭がボーッとしていて宮本さんの顔がぼやけてよく見えない。
視線を移すと、棚にごろごろと並べられているいくつものお酒。
まるで、この薄暗い店の雰囲気を引き立たせるように不気味に光っている。
黒いカーテンで閉めっきりの店だから、今、何時だかも分からなくて気持ち悪い。

そんな俺から布団を引きはがして宮本さんは俺の背中をバシッと叩いた。
「もう朝だ、朝っ、学校行け、早く！　今日は文化祭なんだろ」
「あっ」
すっかり忘れていた。
今日は文化祭当日だったのだ。
ザーッと頭から水をかけられたように冷えていく体。
ガバッと一気にソファーから飛び起きた。
黒シャツのボタンを乱暴に片手で外して脱ぎ捨て、白いＹシャツに着替える。
珍しく焦ってる俺が面白いのか、横では宮本さんが手を叩いて俺をはやし立てている。
「おーがんばれ、がんばれ。もう少しで始まんぞ。急げー遅れんぞー、サエちゃんに嫌われるぞー」
「うっさいほんと……。黙ってて」
「あれー？　ついに日向君にも春が来たかー？　だはは、おもしろー！」
「……クソハゲが……」
「んだとー？」
舌打ち混じりに小声で言ったつもりが宮本さんに聞こえてしまったらしい。
俺は怒られる前に店を出ようと、乱暴にエナメルバッグを手に取り、ドアに向かった。
重たいドアを開けた瞬間、あふれるほどの光が真っ直ぐに差し込んで俺の目を刺した。
「文化祭日和じゃん。やべー俺の頭照るわー。照り返すわー」
「………」

奥で宮本さんが自分の頭をぺしぺし叩きながら言っている。
黒いサングラスが透けて、鋭い瞳がちらっと見えた。
俺はそんな宮本さんに一回頭を下げてから、ドアを閉めた。
あの店の中から出た瞬間は、なんだかとても変な気分になる。
映画館から出てきた時みたいな感じ。
「まに……あわないよなあ……夕方……」
静かにつぶやいて、俺はうるさい街を走り抜けた。
菊池に首を絞められることになるのは確実だ。
俺は覚悟を決めて、急いでチャリ置き場に向かった。
秋の生暖かい風が全身をなでて行く。
今日は暑い。

「……くさい……」
自分の制服から放たれる香水の香りに思わず顔をゆがめた。エナメルバッグに制服を入れていても、匂いはどうやら移ってしまうようだ。
もしかしたら、制服じゃなくて俺そのものに染み付いてるのかもしれない。

それくらい女の人の香水は強烈で、酔いそうになる。
「……」
ようやくたどり着いたチャリ置き場は既に自転車がごっちゃごちゃになぎ倒されていた。
俺のは運良く無事だった。
自分の自転車を起こそうとしたとき、ちょうど目の前を赤い服を着た女性が通った。
俺は、ふと雪さんのことを思い出した。
あれきり、店に来なくなってしまったのだ。

ただ単に俺にキレただけならいいけど、なぜか胸騒ぎがする。
俺は妙な気持ちを抱えたまま学校へと向かった。

「日向。あんたとりあえずやることないから。今頃来ても役割ないっつーか。今更なにー？　みたいな」
「……あーじゃあちょうどいいや。帰る……」
「テメーには嫌味っつーのが分かんないのかっ」
学校に着いた瞬間、俺は思い切り怒声を浴びせられた。
こんな人込みで大声で怒鳴り散らされるのは正直初めてだ。
手作りの飾りで綺麗になった教室が、一瞬静まり返った。

「……とりあえず、後半から店番頼むから今は遊んできていいよ。もうあと30分しかないけどね」
「……了解」
追い出されるようにひらりと手を振られた俺は、急いで教室から出た。
とにかく、早くこの人込みから抜け出したい。
酸素が薄いし、何より感情の量が半端じゃない。
頭痛がする。頭が割れそうだ。
必死にOFFにしたけど無駄に終った。
その痛みに耐えながら、もがくように人込みをすり抜けて、やっと辿り着いた人《ひと》気《け》のない場所。
俺はその瞬間、深く息を吐いた。
雑音が一気に消えていく。

「あ……」

なんでこんなにここだけ人がいないのかと疑問に思い、教室前にある看板を見たら、納得した。
『中で実際に書いてます！』と書かれた紙が貼ってある。
書道部の作品展示場だったのだ。
俺はひっそりとその教室をのぞいた。

――――思わず息をのんだ。
教室のど真ん中で一人、浴衣を着て字を書く中野。
すそをたくし上げて、アルトリコーダー並みの大きさの筆をすらすらと動かしている。
真剣で、真っ直ぐな瞳。
きっと今、この人の心を読んだって、何も聞こえないだろう。
目が離せない。
字を書いてるときの中野は、単純に綺麗だと思った。
このままずっと見つめていたい。そう思うほどに。

「――あれ、日向君！」
ふっと中野が視線を上げた瞬間、ばちっと目が合ってしまった。
「……あ、ごめん邪魔した？」
俺はその時、初めて見とれていたことに気付き、焦った。
「ううん。全然っ」
中野がそう言った後、俺はゆっくりと教室の中へ足を踏み入れていた。
壁じゅうに張り出されている作品の数々に。
ずしんと重い字だったり、すらりと軽い字だったり、書き方は様々で。
俺が字に見入っていると、中野が頭をかきながら恥ずかしそうに近寄ってきた。
「実はそこのスペースの全部ね、私が書いた作品なんだ。たはーごめんねヘタクソな字で」
「ぜ、全然！　上手いって」
慌てて思い切り否定したら、中野はぶはっと吹き出してなぜか笑っていた。
でもその後、『あざーす』と照れくさそうにつぶやいた。
「今さ、皆どっか遊びに行っちゃってさ。私一人しかいないんだよー。あ、一年は朝倉先生の手伝いやらされてるんだけど」
中野はくるっと俺に背を向けてさっき書いた作品を洗濯バサミではさんで吊るした。
中野が動くたびにひるがえる黒い浴衣。髪飾り。
よくあんな姿で字が書けるな、と思った。
というか、なんだか浴衣のせいでいつもと雰囲気が違うから少し戸惑った。
なんとなく目が合わせづらい。

そんな俺を知ってか知らずか、中野はまたひらりと浴衣をひるがえした。
「見て見てー！　約束どおり書きましたよ。日向君の名前」
「え」
中野が指差したそこには、“佳澄”という２文字。まさか本当に書いてくれたとは。
俺のイメージで線の太さも微妙に変えたらしい。
今、初めて自分の名前が少しだけ綺麗だと思えたかもしれない。
それくらい中野の字は綺麗で。

―――ああ、また、この間、中野が泣いた時と同じような感情が胸を揺さぶった。
そうぼんやりしていたら、中野が急に慌てだした。
何も言わない俺に不安になったのだろう。
「ご、ごめん予想以上に下手で！　私どうも、『さんずい』が上手く書けなくて朝倉先生にも言われててー……」
「う、上手いよ。ありがとう。あんまり上手いから、声が出なかった」
「え！　や、あの、あんまりほめられると調子に乗るんであの……」
中野はそのまま髪をぐしゃぐしゃにしてうつむいた。
本当にいじると面白い。
すぐに真っ赤になって意味分かんない声を発する彼女。
そうこうしていると中野は浴衣のすそを墨につけそうになった。寸前で避けたけど。
「あー。だから浴衣とか似合わないのに女子は強制とか誰かが言い出したから……！」
「なんで？　似合ってるよ」

「へ」
「似合ってる」
そう言うと、中野は更に顔を赤くした。
「もっ……ダメ、本当、日向君しゃべるの禁止で！　鼓膜がどろどろになりそう」
「どんな奇病？」
「うあー耳がー」
本当に見てて飽きないこの人。

中野曰く、俺の声はエロいらしい。
全く意味が分からない。中野はまだ耳を押さえていた。
全身毛を逆立てた猫みたいだ。
その時、ざわざわとした声が段々と近付いてきたのに気付いた。
「サエお疲れー！　ってあれ？　なんだ日向もいたんだー珍しいね」
ぞろぞろと教室に入ってきたのは書道部の人達。
俺のことを珍しそうに指差しているのは同じクラスの佐藤って男子。愛称はサト。
俺と違ってすごく人懐っこい奴。

「サササトー！　日向君がジェントルマンだよー」
「そうかそうかよしよし」
「絶対ハーフ！」

言っとくけど俺はハーフではない。
そう心の中で否定しながら、胸のうちで何かもやもやとしたものが広がっていった。
疎外感？
違う。そうじゃない。
何かが引っかかった。さっき。

「あ、なにこの“佳澄”って。日向の名前？」
「そうだよー」
「サエが書いたの？」
あ、まただ。
思わず眉間にシワが寄っていることに気付いた。

「名前は特別だからねー。綺麗に書いてあげられたら、なんか嬉しいよ」
「ふーん。そんなもん？」
「そんなもんっすよ」

“名前は特別”。
心を許した人にだけ、呼ばせる名前。

「サエは名前、カタカナだもんなー」
「困ったもんよ……字の雰囲気壊しやすいから……」
やっぱり苗字と名前じゃ全然違って、そこには越えられない何かの壁を感じる。
関係の薄さとか、疎外感とか、どこまでその人を受け入れているとかいないとか。
呼び方の違い。たったそれだけのことなのに。

「おい佐藤！　テメー早く来い！　サボってたんだから手伝えよな」

突然、俺の考えを吹き飛ばすかのように後ろから朝倉の声が響いた。
いつ見ても教師とは思えない容姿。口調。
佐藤は慌てたように教室を飛び出た。
「ごめんサエ。帰ってきたら受付とかちゃんと代わるから！」
「あいあい。了解っす」
他の部員のやつらもクスクスとその様子を見て笑っていた。
誰からも好かれる人って、まさにアイツのこと。
俺の持っていないものばかり持っている。

「サエ、ごめんね。すっかり男子らがちゃんと当番どおりやってると思ってたんだ。大変だったよね？」
「あー、全然平気だよ。だって滅多に誰も来ないし」
「今から全部うちらがやるから、サエはもう遊んできて良いよ」
「あざーっす」

渡辺の掛け声とともに１年生は半紙をまとめだした。
そうか。もうすぐ後半組と交代の時間なのか。
俺も、戻らなきゃいけない。
ざわざわと教室は騒ぎ出した。
「んじゃ日向君、私はこれで失礼しまっす」
「……中野ってクラスのと掛け持ちしてんの？」
「人数足んないからねー。それに実行委員だし」
そう言って中野は頭をかいた。
中野は本当に分け隔てない人。
だから余計に独占したくなるんだ。きっと。
多分これは人間の心理。
「……名前」
「はい？」
「中野のこと、『サエ』って名前で呼ぶ人多いよね」
「あー、ただ単にもう一人中野って人がいるからだと思うんですが……あとは呼びやすいからとか」
「………」
劣等感？　疎外感？
全部違う。
誰かこの感情を整理してくれ。
他の人の感情が読めたって、自分の気持ちに鈍かったらなんの意味さえない。

「……ごめん。なんでもないや」
「なんだそりゃー。まあいいっすけど」

誰かこの感情を整理してくれ。

第3章
超能力者

愛情表現

Side of Sae Nakano

本日はいちだんと寒いです。

11月の、秋から冬へと移りゆく瞬間はなんだかとてもあっという間な気がして、気付いたら文化祭なんて、随分昔の思い出になろうとしていた。

ほんの少し前のことなのに。

「さみー！　早く学校で温まりたいよー！」

いつもよりしんなりとしている街路樹は、朝の霧でより一層潤っているように見えた。

葉はたっぷりと朝の空気を吸い込んでいる。

私はその景色をものすごいスピードで通り過ぎながら人通りの少ない裏道を自転車で走り抜けていった。

大体この県は寒くなるのが早すぎるのだ。

東京だったら、まだもうちょっとあったかいだろうに。

そうぐだぐだ思いながら進んでいると、赤信号にあたってしまった。

仕方なくブレーキをかける。

車は来ない。

人もいない。

こんな状況だったら行っちゃってもいい気がするが、でもそれは立派な信号無視なのでやめた。
人通りが少ない道のくせして信号待ちが長すぎる、ここは。
隠れた裏道だから誰にも教えないけれど。
これは地元出身の特権だ。
だってわざわざ表の道を通ったら通学ラッシュで大変だから。
あえて裏道のマイナス点を言うならば、ちょっと夜通るには危ないという所。
街灯があんまりないうえに、結構、夜のお店の人がよく通っている。

私はボーッとあたりを見回して信号が青に変わるのを待った。
すると、ずっと遠くに男女の2人組がいることに気付いた。
外壁に隠れて、何か口論している様子。
後姿だから顔はあまりよく分からない。
確認できたのは男の人は黒い服を着ているということ。
「昼ドラみたいっ」
私は身を乗り出してその二人を凝視した。
サドルにヒジをかけたその瞬間、女の人が男の人に抱きついたのだ。
思わず目を丸くした。
生昼ドラにもう釘付け状態。
男の人は振り払うでもなく、抱き返すでもなく、ただ、人形のようにボーッと立っていた。
離れるのを黙って待っているのだろうか。
それとも、抱きつかれてもなんとも感じていないのだろうか。
「っ」
その瞬間、ふっとその男の人が私のほうを振り向いた。

私は心臓が飛び跳ねるほどびっくりして、顔も確認しないまま全速力で自転車を漕いだ。
信号は、黄色だった。

「へーっ、そんなことがあるんだねー」
ざわざわと騒がしい教室の隅で、机を向かい合わせて今朝の昼ドラ事件について真剣に話している私と梓。そんでりさ。
りさは興味がないのかずっと携帯チャットをしている。

「そういえばあの辺の道、そういう夜関係の仕事の人、多いからねー。もしかしたら不倫だったのかもよ？」
「ふ、不倫……!?」
「まさに昼ドラだね」
不倫と聞いてりさも興味がわいたのか話に参加してきた。逆に私はなんだか大人な話についていけなくなってしまい、黙り込んでしまった。
その時、ドサッと重い荷物を置く音がした。

「あ、おはよーざいます日向君」
「………はよ……」
あいさつをした瞬間私はギョッとした。
日向君の顔が真っ青だったからだ。
白い肌はいつもより透けていて、長い前髪が無造作に分けられていた。
「だ、大遅刻っすね……もう２時間目始まるよ……」
「うん……ちょっと、トラブって……」

「お、お疲れーっす……」
日向君が私の前を通った瞬間、香水の匂いがした。
鼻の奥を刺すような甘い香り。
明らかに女物の香水だ。
日向君はそんな私に気付いたのか、(あるいは心を読んだのか?)、一瞬悲しそうな表情になった。
「……客が、香水ひどくて……」
「あ、そうなんすか……」
日向君はだるそうにエナメルバッグを机に置いた。

後姿まで綺麗だ。
そうぼんやり思っていると、梓とじゃれていたりさがぼそっとつぶやいた。
「んー、いつ見ても危険な男の感じがするねー」
「き、危険……?」
「サエはああいう男にだけは引っかかんないでね」
梓も隣で“同感ー”と言っている。
ちょっと待て。本人が斜め前にいるってのに何言ってるんだこの人たち。

「あ!」
その時、私は皆が振り返るくらい大きな声を上げてしまった。
もちろん日向君もびっくりしたように私を見ている。
私が声を上げた理由は日向君のバッグの中身にあった。
そう、それは今朝見たあの昼ドラの人が着ていた黒シャツにそっくりだったからだ。
シャツへの視線に気付いたのか、日向君は不思議そうにたずねてきた。
「コレがどうかした？」
そう聞くってことは、今はOFFか。少し安心。
でも、どう答えたらいいのか、戸惑った。
「や、あの……」
間髪入れずにりさが突っ込んだ。
「あー、いかにも今朝言ってた昼ドラの男の人が着てそうな服だねーっ」
私が言葉をにごしているのにも全く気付いていないあたりさすがだよ、あんたは。
「……昼ドラ？」
日向君は小首をかしげて聞き返した。
「んーなんかね、サエが今朝抱き合っている男女を見たとか言ってて……」
「わーわーわー！」
慌ててりさの口を両手でふさいだ。
顔が一気に青くなってゆくりさ。
よく考えれば、今朝見たのは日向君だったのかもしれない。
だってあの道は日向君が働いている店と近いし、何よりあの無造作な髪は日向君そっくりだ。
そして極め付けは、あのよれよれの黒いシャツ。
思い返してみると今朝見た男の人と一致する部分が何点も見つかった。
気まずそうに日向君を見上げると、日向君は“ああ”とだけつぶやいて苦笑した。
そのあとなぜか私のほうを指差した。
「中野。そろそろ手離してあげないと長井、死にそうだよ」

「はっ！ごごごごめんりさ……!」
「ささ酸素……！　酸素プリーズ」
すっかり、りさの口をふさいだままだったことを忘れていた。
りさは顔を青くしてせき込んでいる。
日向君が教えてくれなきゃ大変なことになっていた。

なんども私が謝っている間にチャイムは鳴り、梓が早く教室を移動するよう急かした。
相変わらずこういう所だけは真面目な人だ。
視線を斜め前に移動させたら、もうそこに日向君はいなかった。

「委員会とかだるいー。サエは緑化でいいな。楽じゃん」
「ほほほほ。うらやましかろう」
「うちなんか放送委員とかだぜー。笑えるー」
りさは口をとがらせながら、これでもかってくらいアクセサリーのついた筆箱をブンブン振り回している。
長い授業も終わり、やっと部活かと思えばその前に委員会って。

梓はクラスの代表のためとっとと委員会に行ってしまった。
廊下では、相も変わらずバカみたいに、男子たちがふざけあっている。
「緑化って確か日向と一緒だよね？」
「うぃー」
りさは感慨深げに廊下でじゃれてる男子たちを見てからため息をついた。
「なんかさー、こいつらが日向と同い年かと思うと悲しくなるよねー」

「あー……」
「まあ、日向が大人すぎてるのかもしれないけど。っていうか日向ってカケルとかのグループにいるよね。意外ー」
日向君がそこのグループにいるっていうか、周りが引っついてるって感じだ。
いっつもギャーギャー騒いでるムードメーカー的存在のカケルこと滝本君は、違うクラスのくせしてなぜか日向君を構いに来ている。
「んじゃ、うちはここだから。じゃあねーサエ。委員会終ったらうち置いて直《チョク》で部活行っちゃっていいから」
「了解ー」
私はうなずいた後、りさと別れ、委員会の場所に向かった。
「あー！　いたいた中野ちゃん、こっちー！」
「あーども」
ドアを開けた途端、声をかけてきたのはさっき噂していた滝本君だ。
どうやら同じ委員会の滝本君は、あんまりしゃべったことのない私にも人懐っこい笑顔で、ひらひらと手を振ってくれた。
明るめの茶色に染めた髪は無造作にはねていて、滝本君の顔立ちにすごく合っている。
私は誘導される通りに滝本君の隣に座った。
教室には私たち以外、まだ誰も来ていなかった。
「日向、まだ来ねぇーんだよ。アイツー」
「あー。本当に仲良いよねー」
「おー。アイツ、おもしれぇーから超お気に入り。だってアイツこないだ素でコーラを飲む前に缶を振ってたんだぜー。もう服とか全部びしょびしょでよお」

「ぶはっ」
滝本君は沈黙なんて作る間もなくしゃべり続けた。
話を聞くと、滝本君と日向君は同じ中学で、その頃からの友人だったらしい。
どうりで仲がいいわけだ。
今、日向君達とつるんでる人とかも、滝本君が日向君の天然さを教えてバカ受けしたらしく、それから友達になったとか。想像しただけで笑えてくる。

「でもさー、アイツ本当つかみ所ねぇから。正直たまに俺ってちゃんと友達なのかなーって思う時あるよ」
「あー」
“それは私も分かる気がする”。
のど元まで込み上げてきたそのセリフをギリギリのところで飲み込んだ。
なんとなく、それを口にしただけで日向君との関係が崩れるような気がしたから。
というより、口にしたら悲しくなっちゃいそうだったんだ。
滝本君は少し重い話題になってしまったことに気付いたのか、すっと話題を変えた。
「日向は自分の感情に鈍いから、どれに興味があってどれが好きとかはっきり気付けないんだよ。だから本当にお世話がたーいへん」
呆れかえったように苦笑する滝本君がおかしくて私は少し吹き出した。
まるで保護者のような言い方。
「まあ、そんな奴ですが、これからも日向と仲良くしてあげてな。中野」
「もちろん」
「日向に女友達って、中学ん時からの知り合いが知ったら、ビックリするだろうな」
それがどういう意味なのかはいまいちよく分からなかった。女嫌いって訳ではなさそうだし。(だって梓やりさとも普通に話してる)。
あれ?
そういえば日向君の中学時代ってどんなだったんだろう。その時にはもう透視能力あったのかな。
あったとしたら、他に誰か気付いてる人はいたのだろうか。

考えを巡らせていたら、自分は日向君のことを何も知らないことに気付いた。
知ってるのは、名前と秘密だけ。
好きな色とか。
誕生日はいつとか。
嫌いな食べ物とか。
友達なら知ってて当然のことを私は一つも知らなかった。

「あれ、カケル……と中野?」
その時後ろからのんびりした声が聞こえた。
振り返るとそこには眠たそうな顔をした日向君。
また保健室で昼寝でもしていたのだろうか。髪がボサボサだ。
「よーっす、日向。髪型、すげーぞ。つか、寝起き? ボーッとしすぎ」
滝本君の言う通り日向君は半目でふらついた足取りだった。

そんな日向君の後ろから、ぞくぞくと他の緑化委員たちが入ってきた。
一気に騒がしくなる教室。
日向君はふらふらしながらも滝本君の後ろの席に座った。
椅子に座った途端すぐにまた突っ伏して眠ろうとする日向君の頭を勢いよく滝本君が叩いた。
「テメー寝すぎだ、頭溶けんぞ」
「……っさぃカケル……」
思い切り不機嫌そうな日向君は、目を細めて滝本君をにらんだ。
ブルーグレーの瞳だから、怖いくらい冷たい目つきだ。
滝本君はもうそれに慣れてるのか、バシバシ日向君の背中を叩いた。
「なんだよお前、今日いつにも増して機嫌悪ぃーな」
「………なんでカケルが中野といんの……」
「は？　別に委員会始まるの待ってたら中野がそこに来ただけ……あ……そういうことか」
滝本君は一瞬ニヤッとしてから納得したようにうなずき、くるっと私の方に振り返った。

「ところで中野ちゃんって本当いいコだよねー。きょうだいとかいんの？」
「あー、お姉ちゃんが一人……」
「へー俺一人っ子ー」
意地悪な笑顔で話しかける滝本君に私はハテナマークを浮かべながら質問に答えた。
テンションの上がり方がいまいちつかめないぞこの人。
そんな滝本君とは真逆にどんどん不機嫌オーラを増している日向君は、もうまるで猛獣のようだ。

ソレを見てなぜか大爆笑する滝本君。

「マジおもしれー！」
「カケル。お前もうしゃべるな。話しかけんな。呼吸すんな」
「いや呼吸ぐらいさせろよ！　死ぬって」
まるで芸人のようにツッコむ滝本君。なんだか訳分かんないけど、とりあえずこの二人本当仲良しなんだなー、ってことは分かった。
“俺ってちゃんと友達なのかなーって思う時あるよ”。
滝本君はさっきそう言っていたけど、そんな風に悩むことないと思う。
だって本当に友達だって思ってなくて、興味ないならこんなケンカしないはず。

滝本君は尚も日向君をいじり続けた。
「そういやさ、今日、女子がお前んこと“カッコイイー！”って言ってたよ」
「………ふーん」
「まあードライ！　佳澄ちゃんの色男！　無気力、バカ、天然紳士！」
滝本君はほめてんだか茶化してんだか分かんないセリフを連発して日向君の髪をぐしゃぐしゃにしている。
日向君は痛ぇーよって言いながら顔をしかめた。
わあ仲良しさんだー。いいなあー。
その光景を見守っていたら、日向君はそれに気付いたのか、
「仲良くないからっ」
と慌てて否定してきた。

それがおかしくて、ぷっと吹き出してしまった。
普段慌てたりしない人だからこういう日向君はかなり貴重。
すると、滝本君は日向君の制服のすそを引っ張って目を潤ませ始めた。
「ひ、日向君ひどい……好き、だったのに……っ」
「なんの真似？」
「過去に日向に告った女子Eの真似」
日向君は、その瞬間、滝本君の椅子を全力で蹴っ飛ばした。
不機嫌度全開の日向君とは反対に腹を抱えて笑う私。だって、滝本君面白すぎる。

「カケル、死刑」
「ぐあっ……ちょ、待っ……！　おま、腕折れる」
日向君は滝本君の腕をひねり上げて黒いオーラを飛ばしていた。
それを見て私が爆笑していたところで、日向君は滝本君の腕をようやく離した。滝本君はしきりに腕を押さえながら日向君を恨めしそうににらんでいる。
「なんだよー、人がせっかく甘ずっぱい青春の話を再現してあげたのに」
口をとがらししゃべる滝本君。
しゃべりながら途中で何かを思い出したのか、滝本君は上を見上げた。
「あ、でも結局日向が“軽い気持ちにしか思えない”っつってフッたから甘くもなんともないか」
「なんでカケルそんなことまで知ってるの？」
「えー。なんかどっかから聞いた」

日向君は怒るというよりびっくりした表情をしている。
同じく私もかなりびっくりした。それと同時にその告白した女の子に同情してしまった。
“軽い気持ちにしか思えない”。
そんなこと言われたら元も子もなかっただろう。

「ねぇ、中野ちゃんもびっくりでしょー？　冷たすぎだよね、日向って」
「ギンギンっすねー」
「ギンギンっすよ」
そんな私たちを日向君は怪訝そうに見つめ“ギンギンってなに？”と静かにツッコんでいた。
滝本君は尚もこりずにその話題を引っ張った。
「なあ。なんでふっちゃったの？　かわいかったのにあの子」
「……別に。好きって言われてもなんとも思わなかったから」
その瞬間一つのセリフが頭の中でリピートした。
日向君は好きって言われ慣れてるわけじゃないみたいだけど、そういうことに関してはどこか冷めている気がする。
そりゃ、ああいうところでバイトしてるんだからってのもあるかもしれないけれど。
あ、そういえば今朝のあの男女はやっぱり日向君だったのかな。
なんだか怖くて聞けないや。
学校で会うとき以外の日向君はなんだか別の人みたいで。
様々な感情が一気に交錯して一瞬頭が真っ白になった。
真っ白になってから一つ、何かが浮かんできた。
透視能力があったから、言葉だけでは信じられなくなってるのかな。

——だったら、悲しい。
それはすごく寂しいことだ。
私が今まで日向君に話しかけた言葉は、ちゃんとなんの疑いもなしに受け止められているのかな。

「……中野？　どうしたの？」
「あ……なんでもないっす！」
日向君の心配したような問いかけに、慌てて首を横に振ったその瞬間、教室に朝倉先生が入ってきた。
低い声に反応して、ざわざわと騒がしかった教室が少しずつ静かになっていく。
「おーい皆、静かにしろよー。話聞いてくれないと朝倉時雨、泣いちゃうからー」
「やだー。聞くから泣かないでー。時雨先生ー」
「んじゃ聞けな。すぐ終わっから」
朝倉先生の軽い冗談も、女子の笑い声も耳に入ってこなかった。
私は委員会中ずっと上の空だった。
“アイツ本当つかみどころねぇから、正直たまに俺ってちゃんとダチなのかなーって思う時あるよ”。
さっきの滝本君のセリフを何回も頭の中で反芻《はんすう》する。
もやもやとした、はっきりしない感情が私の中の何かを不安にさせていく。
日向君は本当につかめない人だから、手に入れようとすればするほど、遠くに行ってしまう気がする。
この人を手に入れたくて仕方ないっていう人が、この世の中に何人もいるんだろうなきっと。

そこにある感情は、恋愛でも友情でも多分同じで。

「あ、あれ……っ？」
「ん？　どーした中野ちゃん？」
「や、なんでもないっすスンマセン」
思わず声を漏らしてしまい、慌てて口をふさいだ。
滝本君は頭にハテナマークを浮かべている。
私の頭の中もハテナでいっぱいだった。
私は、その“手に入れたがってる人”のうちに入るのだろうか。

私は日向君を手に入れたいと思ってるっていうことなのかな？
「いやいやいやいやなんか違う……！」
「あー？　なんだ中野。俺の言うことなんか間違ってたか？　シメんぞ」
「はっ！　スンマセンこっちの話っす。本当スンマセン」
また知らず知らずのうちに出てしまったセリフを、慌ててのみ込んだ。
朝倉先生は怪訝そうな顔で私を見ている。
私はなんども謝ってから机に突っ伏した。
なんだろうか。この感情は。
頭ん中ごちゃごちゃで、混乱する。
誰かに説明してと言われても、きっとこの感情は上手くは話せない。

君だけには

Side of Kasumi Hinata

本当、びっくりしたんだ。
だってまさかこんな裏道を朝から通る人なんて、いないと思ってたから。
でも、確かに昨日の朝、中野はあそこにいた。
「中野っ……」
「っきゃ」
「………あ」
中野に気付いた瞬間、俺はその女の人を突き放してしまった。
その拍子で女の人は倒れそうになっていた。俺はそれを慌てて支えた。

……中野は、もういない。
「本当に、誰にもなつかないのね……。なんにも興味を示さなくていつだって無関心で」
突き放されたことにショックを受けたのか、彼女は肩を震わせてうつむいている。
俺も気まずそうに目をそらした。
「つっまんなーい！　百戦錬磨のあたしでも落ちないなんてー。ちぇ、せっかくオトシ甲斐のある子だと思ったのに」
「……はあ……」
「反応うすっ！　ちゃんと生きてる？」
「…………」

目の前の女性はストレートの髪を揺らして俺を指差した。
長い爪の先には、これでもかってくらいキラキラしたものがついている。
……缶ジュースとか開ける時どうすんのかなって思った。
「本当、期待外れ。雪の忠告受けとけば良かったわ。手強《てごわ》すぎ。だって日向君私の名前さえ覚えてないでしょ」
「あっ……や……それは……」
「あー！　本当に覚えてなかったんだテキトーに言ったのに！ひっどーい」
心を読んどけば良かった……と今更思った。そうすれば名前くらい簡単に分かるのに。
彼女は目を見開いて、怒るというよりびっくりしているようだった。
朝の静かな裏道に、彼女の怒鳴り声が木霊《こだま》する。
真っ白な塀は、それらを防ぐように俺たちを囲っていた。
なんにもない、淡白な朝を守るかのように。

「愛することができない男は、せめてお世辞の言い方くらいは身につけておいたほうがいいんだってよ！」
「お、お世辞……」
「ゲーテの名言だよ。まあせいぜい頑張ってね無気力少年ー。こんな美人さんに抱きつかれて幸福だと思いなさいよっ」
「はあ……」
そう言うと彼女は名前を再び名乗ることはなく、俺から去っていった。
少しシワの寄った黒いシャツには、予想通り彼女の残り香が染み付いている。

その時、俺はあることに気付いて小さく声を漏らした。
「……やられた」
ふとえりに目をやると、そこにはキスマークがついていた。
黒いシャツに意味深に浮きだっている赤い口紅の跡。
俺はソレを見てもう一度彼女のセリフを思い出した。
「愛することができない男……」
……遠くでわずかに車の走る音が聞こえた。

その時の俺は“雪”という名前に特に反応せずにいた。
今思えば、うかつだった。
ただ、学校で中野に会ったらどうやって言い訳しようかという考えでいっぱいで。
結局その日の俺は、とことん知らないフリをして一日を過ごした。中野も、気をつかったのかそのことに関しては触れないようにしていた。

「いい加減、起きろ佳澄。また店に泊まっていきやがって、お前はー！」
「あれ……今、何時……」
「10時だ10時！　学校休みだからってだれてんな」
委員会の後からの記憶がさっぱりない。
宮本さんの言葉に急かされながら体を起こし、シャツのボタンを外した。

相変わらずこの店は映画館のように暗くて、朝だというのにとても不気味だ。

「お前さー、もうクリスマス近いんだから、そろそろ彼女とか作れよー。高校生らしくねぇぞ」
「ほっといてよそんなの」
「んな、とっつきにくい態度してっからモテねぇんだよ。ツンデレだかなんだか知らねぇけど、男はトークだトーク」
「………」
朝っぱらからテンション高いんだよこのハゲ……。
そうぼそっとつぶやいたら、思い切り頭をぐりぐりやられた。
……地獄耳だこの人。

それにしてももうクリスマスなのか、とぼんやり思った。その街の雰囲気に取り残されている気がしてならない。特にこの辺の通りはクリスマスなんてあんまり関係ないし、俺もそういう行事には関わったことはなかった。
中野はものすごく楽しみにしてそうだな、こういう行事……。
想像したらなんとなく頬がゆるんでしまい、それを見た宮本さんに怪訝そうな顔をされた。
……最悪だ。
「………」
クリスマスといえば、思い出すことがある。
毎年、必ずよみがえる記憶。
痛々しいほどに鮮明に刻み込まれた、あの光景。
大勢の大人に囲まれて――

俺はそこまで思い出して、考えるのをやめた。
「……あ。グラス足りねぇんだった。佳澄ちょっといつもの店で買ってきてくんねぇ？」

突然、食器棚を片付けていた宮本さんが言った。
「はあ？　なんで、俺、今から家に帰ろうと……」
「どっかの誰かさんが、女性客にセクハラしてる酔っ払い親父にキレてグラス叩き割ったせいで足らないんだよなー」
「………う」
「どっかの誰かさんのせいで」
いかにもわざとらしく言う宮本さんの視線に耐えられなくて、思わず目をそらした。
確かにグラスを割ったのは悪いと思うけど、アレは誰だってキレると思う。
だって一回注意したら逆ギレされたんだ。
更にその親父の汚い感情が一気に流れ込んできたから、俺も余計に血がのぼってしまった。
逆ギレされたんだってことを宮本さんに話したら、“お前はまだまだ子供だな”って言われた。
「お前はさ、逆ギレされたから怒っただけだろ。セクハラって行為にキレたわけじゃなくてさ」
「………」

「まず被害者はその女性なんだからその人の気持ち尊重しねぇと。今度そういうのあったら真っ先に俺呼べな。逆上されて刺されるなんて事件も不思議じゃねぇし、一応、俺はお前の保護者的役目なんだから」
「………」
宮本さんの言葉一つ一つが痛くて、俺はうつむいた。
心なんか読めなくても、この人は俺なんかより相手の気持ちを分かっている。
あの時すぐにキレてしまった自分がなんだか凄く滑稽《こっけい》で子供に

思えた。
俺はやっぱり“心が読める”という能力をどこかでアテにしていて、相手の気持ちをちゃんと考えるっていうことをしたことがなかったのだと、改めて実感した。

……情けない。
「……グラス、買ってきます。割ったのって確かシェリーグラスですよね」
「おー」
俺は黒いマフラーを巻いて、店から抜け出した。
外は曇りで、太陽は少しも顔を出していない。
灰色の冷たい朝は乾ききっていて、まるでこんな俺を嘲笑しているかのようだった。
突き刺さるのは、さっきの宮本さんの言葉。
俺はいつか、素直に言葉を信じ、誰を疑うこともなく、相手の気持ちを考えられるような、そんな人間になれるだろうか。
透視能力があったからこんな曲がった性格になっただなんて、それはただの言い訳にしかすぎないのかもしれない。
俺はもやもやした気持ちを抱えながら、店へと足を運んだ。
なぜだか、泣きそうになってる自分がいた。
それから10分ほどして、行きつけのガラス店へ到着した。
たくさんのガラス製品が売られているこの店は、宮本さんのお気に入り。
晴れている日は、四方から差し込む日光がグラスに反射して、それこそダイヤモンドみたいに輝いている。
今日は曇りだからその光景は見れないけど。

しばらく店内をうろついていたら、この店の店長が俺に声をかけてきた。
人見知りの激しい俺でも、この人とは何回か話したことがあったから、すんなり受け入れられた。
「今日もカクテルグラス？」
「シェリーグラスです。俺が割っちゃって……」
「あらーっ、大人しそうな顔してやるわねぇ、日向君っ」
ばしっと背中を叩かれた俺は少しバランスを崩した。
店長はもう60を過ぎているってのにとても若々しい。というかパワフルだ。
髪の毛だってほとんど真っ黒だし、シワだってほとんど目立たない。
それこそCMにでも出てきそうな綺麗な“おばさん”だ。
気品のある顔立ちは、とても目を引く。
……しゃべると大阪人のようだけど。
「なんでグラスなんか割っちゃったんだい？」
「客にちょっとぶち切れて……」
「っかー、威勢がいいねぇ。若いうちはケンカしてなんぼよ！あたしの夫もそういうワルだったわ昔は」
「わ、ワル……」
店長にどつかれながら俺はグラスを見比べた。
どれも洗練されたデザインで余計な部分など全くなく、澄み切ったグラスはとても綺麗だ。
チリ一つついただけでこのグラスの価値が下がってしまいそうなほど、美しかった。
真剣にグラスを選んでいる俺に、店長が嬉しそうに再びしゃべりだした。

「そんなに迷うかい？」
「……すっごく」
「嬉しいこと言ってくれるねぇ」

店長は本当に嬉しそうに微笑んでグラスを見つめていた。
——あれ、今の笑い方誰かに似てるな……。
俺はふっとそう思いなんども思い出そうと頭を絞ったけど、結局ダメだった。
そうしてる間に店長はグラスを手にとって愛しそうにそれを見つめた。
長いまつげは頬に影を作っている。
「夫も好きだったわ、この会社のグラス……。よくコレで麦茶でも紅茶でも酒でも飲んでたっけ。『売り物だからやめてよ』って言ってんのにきかなくってねぇ。頑固だったからあの人は」
「……え」
つぶやくように話し出す店長。
その言い方じゃまるでもう——
「あの世でもこのグラスで飲んでんじゃないかねー。のん気に」
「っ」
……ああ、そうか。
俺は少し目を細めて“そうかもしれないですね”と言った。店長はその言葉にまたにこりと微笑み、恍惚としてグラスを見つめた。
「あのクソじじぃは、あたしより早くにいっちゃって。上で楽しく過ごしてんだわきっと。子供と孫、数えきれないほど泣かせといて、全く最後まで勝手な人だよ」
苦笑しながらそのおじさんのことを話す店長の瞳は、一瞬揺れたように見えた。
彼の愛惜《あいせき》していたものが、この店にあふれかえっている。
ああ、だからこの店には独特の優しい雰囲気があるんだろうか。

単純に無垢《むく》な人だと思った。
なんて、純粋な生き方。
口では“クソじじぃ”なんて言いながらも、そこにはちゃんと絆があるんだってことがはっきりと分かる。
胸のうちで、何かが優しく溶け出す感じがした。
「……一番下の子が特におじいちゃん子だったから……」

「おばあちゃん！　いるー？」
その時、らせん階段の上から店長の言葉をさえぎって、若い女の子の声が聞こえてきた。
どこかで、聞いたことのある声。
階段を降りる足音が近付いてきたその瞬間、俺は思わず目を見開いた。
「おばーちゃん、このグラスー……」
「中野……っ？」
「へ……ええ！　日向君！」
階段には二つのグラスを持ち愕然としている中野がいた。
もちろん俺も開いた口がふさがらない。
かなり間抜けな光景だ。
その沈黙を破って店長はしゃべりだした。

「やだっ、なあに？　二人とも知り合いだったんかいサエ？」
「く、クラスメイトっす……」

「あらあ、奇遇だねえ」

本当に奇遇だ。
俺はまだこの状況が理解できずボーッとしていたけど、なんとか頭の回転を速くして懸命にのみ込んだ。
中野もゆっくりと階段を降りてきて、俺のほうに近付いてきた。

でも、これでようやく店長に似てる人が誰だか分かった。
———中野だったんだ。
そうだと分かってからは、ますます中野が店長にそっくりに見えてきて、なんだか変な感じがした。

「ひ、日向君どうしてこんなところに……？」
「グラス、店のが割れたから買いに来たんだ」
「あ、そうっすか……」

どこかぎこちない会話。
それより中野の私服なんて初めて見たから、いつもと何かが違って目を合わせづらい。
俺はとっさに口元まで巻いていたマフラーに顔を埋めてなんとか平静を装い聞いた。

「ここって、中野の家なの？」
「や、うちの家はもっと遠くに別にあるんだ。ここは休日とかたまに顔出すくらいでー……」
「……そっか」
俺は消えそうなくらい小さい声でつぶやいた。

隣ではそんな俺たちをさもおかしそうに見ている店長がいる。

「サエよかったね。こんな色男の友達ができて。サエにはもったいないわ」
「し、知り合いだけどそんなんじゃ……」
「サエよか色気あんじゃない、日向君」
「し、失敬な！」
仲のいい孫とおばあちゃんだと思った。
まるで親子のようだ。

その光景を微笑ましく思っていたとき、さっきの店長のセリフをふと思い出した。
“一番下の子が特におじいちゃん子だったから……”

「……中野、下にきょうだいとかいる？」
突然の質問に中野は一瞬戸惑った様子だったけど、
「ううん。上にお姉ちゃんがいるだけ」
すぐにそう答えた。

ああ、じゃあ中野が“一番下の子”だったのか。
頭の中に、中野が泣いている映像がじわりと浮かんできた。
中野は、おじいちゃんの形見そのもののこの店にいるとき、どんな気持ちなんだろう。
懐かしいのか、愛しいのか……切ないのか。
そんなことを考えると、このグラスたちが急に悲しげに見えてきた。

「恵美さん、ちょっといいかしらー？」
「あ、どうもどうもいらっしゃいませー」
その時、やってきたお客さんに呼ばれて店長が奥へと消えていった。
途中で振り返って、俺たちに軽く会釈をしている店長に、俺も頭を下げた。

——その時だった。
感情が俺の中に入ってきたのは。
——悲しい、悲しい、悲しい、寂しい——

心臓の裏を逆撫《さかな》でされるような奇妙な感覚に、思わず眩暈《めまい》がした。
おかしい。OFFにしてればよっぽどのことがない限り感情は聴こえてこないのに。

……その感情の持ち主は、言うまでもなく俺の一番近くにいる中野だった。
「……中野……？　大丈夫？」
俺は感情を読んでることを悟られないように話しかけた。

「へ？　何がっ?」
「……や、なんかずっと黙ってたから」
「？　や、特に何も」
「そう」
中野が平静を装うたびに強くなる感情。
必死になんども聴こえないように切り替えようと頑張ったけれ

ど、距離が近いせいかダメだった。

——中野の視線をたどると、そこには店長がいた。

……ああ、ごめん中野。
読めて、しまった……全部。
多分、人には絶対に知られたくはない感情を。
店長に対する思いや、おじいちゃんへの思い、この店をどう思っているかとか、全部分かってしまった。

「——ごめん、中野。俺帰る」
「へっ！　もう？」
「……また今度来る」
中野と目も合わせずに俺は足早に店を立ち去った。
全身を駆け巡る罪悪感で、窒息《ちっそく》しそうだ。
そんな俺を追い詰めるように冷たい風が体を突き刺す。
「っ…」
割ったグラスのことなんて、その時の俺の頭の中にはちっとも思い浮かばなかったんだ。

心の声

Side of Sae Nakano

日向君が去っていく後姿を呆然《ぼうぜん》と見つめていた。
おばあちゃんが声をかけていたのにも気付かずに。
顔色がひどく悪かったから、体調でも崩したのだろうか。

……それとも。

「っ―――」

嫌な予感は、一気に私を不安の渦へとおとしめる。

「サエっ。ちょっと包装、手伝って。手が足りんのよ」

「っ」

おばあちゃんの声を聞いてハッとした。

まるで悪夢から覚めたときのような感覚。

私は頭をぶんぶんと振り、雑念を払ってからおばあちゃんの元へ向かった。

「なに、日向君とケンカでもしたんかい？　急に帰っちゃって」

私はうつむいたまま首を横に振った。

「なあに恵美さん、日向君って。さっきの色男？」

「そうそう。たまにここに来るんだけど、かっこいいのよー。こう背も高くて高潔な雰囲気の子でっ」

おばあちゃんは横でお客さんと会話をし始めた。

もちろん話題は日向君でもちきり。

なんとなく今、日向君の話題は入り難い。

黙々と包装を進めていると、

「やだ、恵美さん。旦那さんも妬いちゃうわよそんなこと言ってるとーっ」

お客さんが笑いながらそう言った。

「あははっ。そんな妬く男じゃないわようちのはー」

おばあちゃんの笑顔が、こんなにも悲しく見えたのは初めてだった。

余計に痛々しくて、私は思わず目をそらした。

……お客さんは、おじいちゃんがもういないことなんて知らないんだからしょうがない。
なんどそう言い聞かせても、無神経だと叫んでいる自分がいる。
そんな自分がひどく汚れて思えて、嫌だった。

「っ——あ」
——その時だった。
上の空だったせいで、お客さんの品物を床に落としてしまったのは。
店中に響くガラスの割れた音。
飛び散る破片。
しばらく沈黙が流れた後、おばあちゃんは慌てたように私の手を握った。
「大丈夫っ？　ケガしてないっ？」
「う、うんっ全然平気っ……それよりグラス！」
おばあちゃんは、振り返ってすぐにお客さんに頭を下げた。
「すいません、すぐにお取替えしますんでっ…！　申し訳ございません」
「あら、いいのよーそんなに謝らなくたってっ。それより片付け大丈夫？」
「わ、私が片付ける!」
必死な声におばあちゃんは少しびっくりしていたけど、“じゃあお願いね”と言ってくれた。
私はすぐにほうきとちりとりを取りに行った。
……心臓が、バクバクいってる。
なぜだか泣いてしまいそうだ。

おじいちゃんがいなくなってからもう随分、時間がたった。
けれど、私の中ではまだあのお葬式の時から時間は止まったままだ。
気まぐれなダイレクトメールに、なんど泣きそうになったことだろう。
何も知らない人達に、なんど怒りを覚えたことだろう。
おばあちゃんの笑顔に、なんど心を痛めたことだろう。
「っ……」
―――こんなぐちゃぐちゃな私、日向君には見られたくない。
なんでだろう。
心が見えるからとか、そんなんじゃなくて、きっと“日向君”だから見られたくないんだ。

「サエ、掃除用具持ってきた？」
「う、うん今行く！」
「破片踏まないでねーっ」
ただ、この割れたグラスのように、一度失ったものはもう二度と戻ってはこないのだと、そう思うたびに胸のうちに何かがたまっていった。
寂しさ、悲しさが鉛のように重くなり、落ちてくる。
誰にも言えないこの汚ない感情を日向君がもし読んでしまったとしたら……
「っ……痛」
「サエ、どうした？　指切った？」
「だ、だいじょぶっ……！」
私は嫌われてしまうだろうか。
そんなの嫌だよ。

そう強く思うたび、指の傷はズキンズキンと深くなっていく気がした。
息を吸うことさえ苦しくなった。

――その時突然、赤いパンプスが私の目の前に現れた。

「え……」
その靴は、私が割ったグラスを粉々に踏みつぶしていく。
響くのは骨を砕くような音。
私は呆然とソレを見ていた。
「あ、あのっ……」
その赤い靴から恐る恐る視線を上げると、そこには見たことのない女性が立っていた。
私を見下げるその表情は冷酷で、でもどこか切なげな表情をしている。

「………なんにも知らないくせに」

それだけ言うとその人は店を去っていった。
頭の中はパニック状態。
ただ、残っていたのは“赤”という印象だけ。

「サエ、なに、今の人」
「わかんない……」
それはあまりにも突然の出来事で、私は放心状態だった。
おばあちゃんもお客さんもびっくりした表情で固まっている。
じわじわと、胸のざわめきは確実に音を重ねて大きくなり、そして重くなっていく。
歯車が、徐々に動き出していた。
だけど私は、ただ呆然とすることしか出来なかった。

……あの人の痛みに気付きもせずに。

「サエ、部活行こっ」
新しい筆を持ったまま梓が私を呼んだ。
「……あ、うぃっす！　今行く！」
私は数秒たってからやっと返事をした。
今日は本当に寒くて、こんな薄っぺらいセーターなんかじゃ寒くて仕方ない。
教室の中でもその冷たい空気は体を刺した。
「サエ、大丈夫？　元気ないよ」
「余裕っす。寒いからねー、今日は」
心配そうに、私の顔をのぞき込む梓に作り笑いで返してしまった。
引きつってたの分かっちゃったかな。
梓は“相談ならいつでものるよ”と頭をなでてくれた。
私は、“大丈夫”としか言えなかった。

——昨日の訳の分からない事件が起こった後から、やっぱり日向君とは話しづらい。
今朝は、あからさまに避けてしまった。
それから、日向君も特に話しかけようとすることはなくて、今の放課後まで結局、目も合わせずに終わってしまった。

普通にしよう、そう強く思うほど意識してしまう。
……近付くのが怖い。
そして、昨日のあの女性は一体なんだったのか———
「……サエ、とにかく食え！　腹減ってると人間ろくなこと考えんからっ」
「う、うっす……っ」
「あとは歌え！　カラオケいつでも付き合うから」
「あ゛、姉御……っ」

私は梓の人のよさに感動して思わず抱きついてしまった。友達って本当に偉大だ。
ほんの少し、不安が消えていった。
そんな時、突然後ろから怒声を浴びせられた。
「おいそこのバカ二人、とっくに部活始まってんぞっ」
「あ、朝倉先生っ……」
後ろには、灰色のスーツに身を包んだ似非《えせ》ホスト。
書道部顧問がいた。
先生は今日も香水の匂いを漂わせていて、腕には、これまた派手な時計をしている。

本当にホストなんじゃなかろうか。本気でそんな疑惑さえ浮かんでくる容姿だ。
そんな教師を目の前に私たちは身を寄せ合った。
だって明らかにオーラが違う。
今日は機嫌が悪い日だ。
梓もそれを察知したのか、慌てたように口を開いた。

「すいません……日直で遅れてしまったもんで……」

「言い訳してる暇があったらさっさと部室行け」
「は、はーい……」
とっさのフォローも無駄に終わり、梓は早く行こうと私の腕を引っ張った。
けれど、それは先生によってさえぎられた。
「渡辺、コイツ俺に貸せ」
——思わず耳を疑った。
え、何を言ってるんですかこの鬼教師は。

先生に腕をつかまれたまま、私はあんぐりと口を開けたまま固まった。
梓もかなり動揺している。
「渡辺はとっとと部活行け」
「え、あ、はい…」

梓は首を傾げながらパタパタと足早に部室へ向かい、消えていった。
残ったのは私と先生、二人だけ。
誰もいない静かな廊下には、気まずい空気だけ流れていた。
私だけ説教ってどういうことだ。
いやいやいや待てよ。
ただ単に私が部長だからきっと県展の話とかそんなんかもしれない。
うん、きっとそうだ。
そういうことにしておこう。

「中野」

「けけけ県展の話ですか」
「全然違う」
じゃあ一体なんの用だこのやろう！
多分、今私の顔は真っ青だ。
だって、手がどんどん冷たくなってる。
これは何かの拷問に違いない。この人と二人きりなんて。
そう葛藤していると、先生がゆっくり口火を切った。
「……お前さー……」
「は、はい」
それに震える声で返事をする。

「お前さ、その“なんだよテメー早く言えよ、気まずいんだよ”って感じの目で見んの、やめてくんねぇ？」
「………」
よくお分かりで……。
そう思ってるって知ってるんならさっさと済ませてほしい。
こっちは息が詰まりそうなのに。
ただでさえ、あの赤い靴の女の人のことで頭が痛いのに……。

「……日向と、仲いいんだろ中野」
「へっ」
予想外の質問に、私は思わず間抜けな声を出してしまった。
「仲いいよな？」

先生は鋭い視線で私をとらえている。
ドクンドクンと脈打つ私の心臓。
ただ事ではない雰囲気に、私は戸惑った。

なんで、いきなりそんなことを聞くのだろうか。
頭の中は、疑問でいっぱいだ。
なんて言ったら良いか分からなくて、うつむき黙りこくっていると、先生がまた低い声でしゃべりだした。

「……あんまりアイツに深く入り込むなよ」
「……え……」
どういう意味？
一気に全身が凍りついた。
まるで、見透かしたような口調。

「あ、あの全く意味が分からないんですが……」
「……話はそれだけだ」
「えっ、あのっ」
先生はそれだけ言うと、スタスタと歩き出してしまった。
「せ、せんせっ……！」
納得のいかない私は、思わず先生のスーツの袖を引っ張った。
だって聞きたいことがありすぎる。
なんで突然そんなことを忠告したのか、とか。
私は焦ったような口調で先生を呼び止めた。

「せ、先生、いっ……意味が分からないです。全く！」
「あーもう、んだよさっき言った通りだ」
先生は面倒くさそうに乱暴な言葉を返した。
「そ、それは、もう日向君と仲良くするなってことですかっ……」
自分で言って自分で傷ついた。

“もう仲良くできないのかもしれない”とどこかで小さく生まれた不安が、核心をつかれたことによってさらに大きくなっていった。

「そうかもな」
先生のそのセリフが、更に私をどん底へと突き落とす。
“心が読まれてしまうから近付くのが怖い”。
「────っ」
──なんて、最低に弱虫な自分──
だってとっくに、そんなの承知の上で仲良くなったんじゃないか。
何を今更言ってるんだ。
最低だ。最低だ。
「っ……ぅ」
本当に一番怖がっているのは、能力とか、そんなんじゃない。
こんな汚い自分を知られたら、嫌われてしまうんじゃないかってことだ。
それが怖くて仕方ない。

「……って、おい、な、中野っ……？　どうしっ……」
突然、歯を食いしばって泣きだしそうになった私を見て、朝倉先生が急に焦りだした。
こんな先生を見るのはかなり貴重だけれど、その光景をしっかり目に焼き付けている余裕なんかなくて、私はひたすら訳の分からない言葉を発した。
「う゛ーっ、先生微妙に天然パーマのくせにーっ！　似非《えせ》ホストー！　めがねー！　こないだ生徒に告白されてるの見たんだからーっ」
「っせぇ！　お前、どさくさにまぎれて何言ってんだ…！　つか何見てんだー！」
何かしゃべっていないとボロ泣きしてしまいそうだったから必死にしゃべった。
先生も、もう訳が分からないテンションになっている。
絶対に泣かない。
今ここで泣いたら、もう本当に日向君とは一生話せないような気がしたから。

「もうやだよっ……。自分情けないっ……。もうやだよっ……」
「っ……」
必死に涙をこらえながらなんども自分を責めた。
静寂な廊下に私のかすれた声が虚しく響く。
窓からは灰色の空が永遠に続いている。
……それを見た瞬間、今、この世で一番自分が小さい人間に思えた。
「……中野」
それでも、胸のうちでもう一人の自分が叫んでいる。

「日向君と話せないのやだよっ……」
なんども、泣くように。
こんな私にそんなセリフを言える資格なんてない。
本当は、話すのだって怖いくせに。
ひどく矛盾していると分かってはいるけど、それでもやっぱりこの気持ちだけは変わらなかった。

「日向君と友達でいたいっ……」
こんなこと、先生に言ってどうするんだろう。
なんにも解決にならないのに。
きっと先生も困ってる。
もうどうしたら良いか分からなくなっていた。
急にさっきまでの自分が恥ずかしく思えてきて、胸が焦《こ》げつくような感覚におちいった。

「あ、あのさっきのは……っ」
忘れてください、という前に、声が出なくなった。
先生が、私の頬に両手を添えて、上を向かせたからだ。
「え、あ、ああのっ……え？」
かなり動揺している私なんか気にせずに、先生はゆっくり顔を近づけてくる。
抵抗しようにも動けない。
「中野」
「へ」
ま、まさか頭突き？　いやいやバカな。

先生のタバコとシャンプーが混じりあった匂いが漂ったその瞬間、私は反射的にギュッと目をつぶった。
「っ」

――だけど、先生は予想外の行動をとった。
私のおでこに触れたのは、頭でも額でもなく、先生の唇だった。
「―――は、え……？」
私は、おでこを押さえたまま固まった。

「お前が泣きそうな顔するから、いけねぇんだよ」
目の前にいたのは、もう“先生”ではなかった。
怪しい口調でささやいている、朝倉時雨という男。
薄いレンズの向こうには、なんの感情も読み取れない真っ黒な瞳。
その雰囲気に圧倒されたのか、私はその場から一歩も動けなくなっていた。

エスケープ

Side of Sae Nakano

気付くと、朝倉先生はもう目の前にはいなかった。
放心状態の私は、そのまま廊下に立ち尽くし、もちろん部活のことなんてちっとも考え付かなくて、どうやって今、家に帰ったのかすらよく覚えていない。
嵐のように毎日が過ぎて行き、私はもうそれに飲み込まれそうになっていた。
日がたつにつれて、日向君が遠くなっていく。

「……エ、サエっ」
ベッド越しから、かすかに誰かの声が聞こえた。
初めはぼやけて、段々とはっきり聞こえるようになったそれは、お姉ちゃんの声だった。
「はっ！　なにお姉ちゃん」
「なにじゃないって。もうさっきから何回も呼んでんだけど。なに、学校帰って来た時から様子おかしいよ。大丈夫？　腹減った？」

「ご、ごめん……大丈夫っす……ってなんで腹の心配なんすかお姉さん……」

お姉ちゃんは、そう、とため息のように返事をして、私の棚から辞書を抜き取り、これ借りるね、とつぶやいた。

私はそれにコクッとうなずき再びシーツに潜り込む。

目を閉じると浮かんでくるのはさっきの朝倉先生。

それに連鎖して、赤い靴の女性のことと日向君のことが一気に目の前を覆った。

——息が詰まる。

大体なんで今、私はこんなに悩んでいるんだろうか。

どうすれば、また日向君と元通りになれる？

どうすれば、赤い靴の女性の行動の意味が……。

こう戻りたいっていうことははっきりと分かっているのに、それにたどり着く方法が見つからない。

とりあえず、理解できたことは今のところたった一つだけだ。

「朝倉時雨はセクハラ教師だ……」

そう、これだけ。

「なに、セクハラっ？　朝倉先生がっ？」

私のつぶやきにお姉ちゃんが大げさに反応した。

もう自分の部屋に帰ってしまったのかと思っていたから、返事が返ってきたことに少しびっくりした。

お姉ちゃんはその話に興味を持ったのか私が寝ているベッドにいそいそと腰掛ける。

「なになに、教師との危ない関係かー」
「も、いっす……頭痛が……」
「なにぐだぐだしてんだ、オラーっ。サエの分際で生意気なっ」
そう言ってお姉ちゃんは私のわき腹をくすぐってきた。
あまりにも突然すぎて、思わず『だひゃっ』という奇声を発してしまった。
お姉ちゃんは、そんな私の反応を楽しむかのようにくすぐってくる。
こ、このくそ姉貴……。

すると、突然コロッと表情を変えてお姉ちゃんはくすぐるのをやめた。
「あ、そうだ言い忘れてたっ。おじいちゃんの命日、もうすぐだって分かってるよね、サエ」
私も動きを止めた。
息まで、止まった。
「去年みたいにすっぽかさないでね……気持ち、少しは分かるけど」
「……うん。大丈夫。行くよ。行く」
「……そか」
お姉ちゃんは安心したようにほっと胸をなで下ろした。
なんども自分を説得するように“行く”と胸のうちで繰り返す。
大丈夫。落ち着け。泣くな。
そう思うたびに、去年の墓参りの映像が、強く頭を焼き付ける。
悲しくて、苦しくて……走って車の中に逃げ込んだ。
あの線香の香りを、今でも私は忘れていない。
体の奥深くまで染み込んでいる。

「……あ、お母さんが呼んでるよ。ご飯だってよ。ほら、サエ」
「あ、うん」
しばし回想にふけっていた私の手を、お姉ちゃんが引っ張った。
その瞬間、さっきまでのことが、まるで幻のように思えた。
それと同時に、実感した。
……お姉ちゃんは、ちゃんと“死”を受け入れている。
みんな、進んでいる。
進もうとしていないのは、私だけ。

「あ、今日唐揚げじゃん！　やったっ。サエ早く選ばんとお姉ちゃん大きいの食っちゃうよ」
いつもの席に着いた途端、お姉ちゃんは唐揚げに飛びついた。
食卓には色とりどりのおいしそうなご飯。
それらを上からあたたかい光がやんわりと照らしている。
いつもなら、すぐにお姉ちゃんと唐揚げの奪い合いだったのに、なんだか今日はそんな気分になれなかった。
それを不思議に思ったのか、お母さんも小首を傾《かし》げている。

「なに、サエ。お腹減った？」
「いやいやいやいや普通減ってたらとっくに食いついてますがな……！」
「あ、そっか」
なんで私の家族は体調悪いと“お腹減った？”なんだ……。
非常に失礼だと思うんですが。
すねたように頬を膨らました。
そんな私の小さな怒りを静めたのは、電話の音だった。

「娘よ、立ってるついでに出てきて」
「……」
お母さんは唐揚げを口にほお張りながら私に命令した。
私はまた、それに少しイラッとしたが、どんなついでだ、と反抗している暇なんてない。
慌てて電話のある部屋まで走った。

「はい。もしもし中野です」
「サエっ?」
電話から聞こえたのは、悲鳴にも近いおばあちゃんの声だった。
その声に驚いて、一瞬呼吸の仕方を忘れた。
「ど、どうしたのっ?」
「お店のグラス、割られてたのよ……っちょっと２階で品物の整理している間にっ……」
「えっ」
冷たい衝撃が、心臓に突き刺さった。
おばあちゃんは、ひどく焦っているようで、ロレツが上手く回っていない。
それとは逆に、私の思考回路は忙しく回っていた。
早く警察に言ったほうが良いのではないか。
犯人は、一体誰?
どんな目的でそんなことを――――
「ガラスの割れた音がして、慌てて１階に降りたらその時にはもうっ……」
目の前に浮かんだのは、なぜか割れたグラスの残骸ではなく、おじいちゃんの顔だった。

その瞬間、“動揺”は“悲しみ”に変わった。
あれはおじいちゃんの、形見そのものだったのに。
おばあちゃんの声がどんどん遠くなっていくのを感じた。
近付いてくるのは、おじいちゃんの優しい声。

「っ―――」
行かなきゃ。
今すぐお店へ行って、おばあちゃんを助けてあげなきゃ。
まるで警報が鳴ったかのように、その意思は私の体を動かした。
「おあばあちゃん待ってて。今行くよ」
がしゃんと受話器を置いて玄関に向かった。
あちこちに散らばっている、ふぞろいの靴を適当に履いて重たいドアを押し開けた。
ドアを開ける音に気付いたのか、お母さんが私を呼んだ。

「ちょっと、どっか行くのサエ」
「彼氏んとこじゃん？　ほっときなお母さん」
―――お母さんたちの声に答えている余裕すらなかった。

空はもう真っ黒で、弓形の白い月がくっきりと浮かんでいる。
なぜか、今日はひどく月が遠い気がした。
それを見たら、泣きたくなった。
「っ……っ」
……おじいちゃん、ごめんね。
私、約束ちゃんと守れなかったよ。
ごめんね。ごめんね。
弱くてごめんなさい。
「――っ」

自転車の丸い光だけを頼りに進む。
冷たい風が体を突き刺す。
白い息が、淡雪のように溶けては消えていった。
私は夢中で自転車をこいだ。
まるで、罪悪感をかき消すように。

数十分でおばあちゃんのお店まで辿りついた。
自転車をお店から少し離れた空き地—道路をはさんだ向こう側—に止めて、おばあちゃんの元へ向かう。
今度こそ真っ暗で何も見えなくなった。
お店からもれている四角い光を頼りにそこへ近付く。

そのとき、何かにぶつかってしまった。
「わっ」
「っ」
黒くあったかい物体に包まれて、私の視界は真っ黒になった。
しばらくはそれが何か分からなかったけれど、心臓の音が聞こえて初めてそれが人間なのだと分かった。
「す、すいません急いでてっ……」
「……中野……っ？」
「え」
その声に上を見上げたら、息が詰まった。
闇に溶け込んでいた人は、日向君だった。

黒いシャツに黒い髪、そしてブルーグレーの瞳を光らせている彼は、まるで黒猫のよう。
「あっ……」

私は声が出なくて、どうしていいか分からなくなった。
なんで、こんなタイミングで。
日向君もびっくりした表情をしている。
でもしばらくして、日向君はぼんやりつぶやいた。

「このあいだ、グラス買い損ねちゃったから、買おうと思ってきたんだ。夜なら……」
日向君はそこで言葉を止めた。
夜なら、私には会わないと思っていたんだろう。
その日向君の気まずそうな表情からして、あの日、心を読まれていたことがはっきりと証明された。
でもそれに動揺している暇なんてなかった。
早く、早くおばあちゃんを支えてあげなきゃ—

その瞬間、一気に不安が私を襲った。
「どうし、どうしようっ……私、私っ……」
「……中野っ……？」
「私、最低だっ……」
この前までの自分を思い出して、急に涙がこぼれ落ちてきた。

目に浮かぶのは、大好きなおじいちゃんの笑顔。
あのしわしわの大きな手とか、優しい声とか、笑顔とか。
全部、今もまだ胸に焼き付いている。
まさか病気になってしまうなんて思ってもみなかった。
あんなにあっけなく消え去ってしまうなんて。
「わたしだけ、ずっと……進めてないっ……」
残ったのは、お店と、たくさんのガラス製品。

たったそれだけだった。
おじちゃんがいた証は。
だから店に行くたびにつらかった。
おばあちゃん一人だけで切り盛りしている姿を見ると、悲しくて——

「あんなお店、つぶれちゃえばいいってっ…」
「っ」
声にした瞬間、ガラスがのどに突き刺さった気がした。
「おばあちゃん、あんなに頑張って一人で切り盛りしてるのにっ……私はっ……」
——自分がひどく汚い人間に思えた。

私がおばあちゃんのことを守ってあげるという約束を、おじいちゃんと交わしたはずなのに。それなのに。
こんなことを思うなんて私はなんて冷血なんだ。
浮かんでくるのはどれも自分を責める言葉ばかり。
日向君には、もうこんな汚い自分とっくに知られているというのに、バカみたいに必死にしゃべった。
言葉にして伝えたかった。
隠したくなかった。
日向君だけには。

「っ……わたしっ……」
「——もういいよっ……っ」
その瞬間、ふわっとあたたかいものに包まれた。
鮮明に聞こえる、日向君の声。

そして鼓動。
胸が締めつけられるような思いにかられた。

「もういいからっ……中野っ……」
「……っ」
緊張の糸が、一気に解けた。
「ひ、ひな……っ」
「ありがとう。話してくれて。俺の罪悪感も消すために話してくれたんでしょ？」
「っ」

日向君は、私のことなんて全部お見通しだった。
うなずきも否定もせずに黙っていたら、更に私を強く抱きしめて、ありがとう、ともう一度日向君はささやいた。
その瞬間、さっきまであった黒いかたまりが嘘みたいに溶けていった。
「……ゆっくりでいいと思うよ。俺は。」
日向君の声は、どこまでも落ち着いていて、深い海のように穏やかで優しい。

「人の死を受け入れるのは、何十年かかっても俺は出来ないかもしれない。その人が大切だった分、時間もかかる」
「……っ」
ああ、きっと、わたしは、
「だから焦らなくて大丈夫だよ。まだ泣いたっていいんだ」
この言葉を今まで待っていたのかもしれない、と。
「っ……ぅっ……うー……っ」

「……中野」

今まで私をかたくなに縛り続けていたものから、解放された気がした。
私はきっと誰かに許してもらいたかったんだ。
大丈夫だよ。泣いてもいいんだよって。

「ひなたくん……ありがとうっ……」
日向君はうなずく代わりに私の涙を細い指で拭い取ってくれた。
その手は私の耳に触れ、髪に触れ、徐々に移動していく。
それに比例して私の心臓も音を速めていった。

「ひ、ひなた君……っ？」
指があごに到達したとき、視線が交差した。
透明で、吸い込まれそうな瞳。
私はそれに見とれてしまい、しばしボーッとしていた。
でも、すぐに我に帰った。

「中野っ……行こう。店長が待ってるよ。何か、あったんでしょ?」
日向君が私の頭をなでて、そうつぶやいたからだ。
「うん」
私は力強く返事をしておばあちゃんの元へ向かった。
道路を渡ってから、あの四角い光へと向かう。
その時、日向君はなにか言いたげな顔をしていたけれど、それはほんの一瞬だったので、私は問うこともできなかった。

「おばあちゃんっ」

「サエっ、それに日向君まで……」

店の重たいガラスドアを押し開けて中に入ると、そこはガラスの破片が無数に散らばっていた。

……割られたグラスは全部で５つくらい。

まるで雪のようにそれはキラキラと光り輝いていた。

「も、もう本当に誰かしらね犯人……っ。酔っ払いかしら」

「おばあちゃ…」

「踏まないよう気をつけてね二人とも。さっき警察に電話したからもうそろそろ来ると思うんだけど」

おばあちゃんは電話の時とは違い落ち着いた口調で言った。

……違う。

無理矢理平静を装ってるんだ。

だって、笑顔が乾いてる。

今にも泣き出しそうだよ、おばあちゃん。

おばあちゃんがガラスをほうきで掃いている後姿を見たら、急に切なくなった。

この店をいかに大事に思っていたかが痛いほど伝わってきた。

「っ……」

日向君も充分それを察しているようで、じっと黙ったまま立っている。

でも、しばらくしたら、何も言えずに落ち込んでいる私の頭をもう一度なでて、言った。

「約束、守るんじゃないの」

「っ」

「犯人にキレるのはそれからだよ」
そう優しくつぶやいてくれたんだ。

おじいちゃんとの最初で最後の約束。
“おばあちゃんを守ること”。
今頃何が大切か気付いたよ。
止まったままじゃいけない。
悲しんだのは私だけじゃない。

「おばあちゃん……。謝りたいことが、あるんだ。今更かも知れないけど、今言わなかったら一生言えない気がするんだ」
私はそっとおばあちゃんの横に寄り添い、声を震わせ言った。
おばあちゃんはきょとんとした顔をしている。
それでも尚、ゆっくり自分を落ち着かせるように気持ちを言葉にした。

「去年、お墓参り抜け出してごめんね……っ。おばあちゃん、ずっと私のこと待っててくれたのにっ……」
一番悲しいのは、つらいのは、おばあちゃんだったはずなのに、私はおじいちゃんの死を受け入れることを拒んだ。
目をそむけて、逃げた。
それなのにおばあちゃんはこのお店を一人で切り盛りして、笑って、私をなぐさめてくれた。
それは、それはどれほどすごいことなのだろうか。

「……サエ、顔上げて」
「……私、本当はこのお店嫌いだったんだ……」

「……うん」
「こんなお店、なくなっちゃえばいいって……っ。おじいちゃんがいない店なんか、私の知ってる店じゃないって……っ思ってて……っ」
「うん……うん。大丈夫だよ。サエ」

———どこまでも強くて優しいおばあちゃん。
そのあたたかい手が、声が、私の心奥底まで癒してくれる。
ごめんね。おばあちゃん。ごめんなさい。
私も頑張って進むよ。
——守るよ。おばあちゃんのことも、このお店も。
だからおばあちゃんも一人で悩んだり悲しんだりしないでね。

「サエ、ありがとうっ……」
「っ……私、お墓参りちゃんと行くからねっ……。お線香とか、水とか、あげてっ……」
抱えきれないほどの、お花を持って、

「……うん。おじいちゃん喜ぶ」
おじいちゃんの幸せを心から願う。
その時は、しっかり伝えるよ。
あの約束をちゃんと果たすと。
そしたら おじいちゃんはどんな顔をするかな。
微笑んで、くれるかな。
だったら嬉しい。
死ぬほど嬉しい。

「お店も、お手伝いいっぱいするからね……っ」
——私はやっと、このお店を好きになれそうです——

それから少したち、警察の人が来た。
やはり犯人の目星が全くつかないらしい。
防犯カメラをつけて置くようにと言われた。
おばあちゃんはそのことをお母さんに全て電話で伝えると、そ数分後には家族全員がこのお店にそろった。

みんなものすごい慌てぶりで、店の中は一気に騒然となった。
お母さんとお父さんは警察の人の話を真剣に聞いていて、おばあちゃんを落ち着かそうとしている。
それをはらはらしながら見ていたら、日向君がぼそりと隣でつぶやいた。

「俺、そろそろ出るね。ハゲがきっと怒ってる……」
ハゲ……きっと宮本さんのことだろう。
「あ、そうかバイト中だったよねっ。ごめん本当にっ……！」
「大丈夫。酔っ払いに絡まれたって言えば良いから」
「そ、そうっすか……」
日向君はまたグラス買いに来るね、と言って出口に向かった。
ばいばい、そんな言葉よりも言わなきゃいけない言葉かあるのに、のどにつっかえて出ない。
私は反射的に日向君の服のすそを引っ張り引きとめた。

「っ……え？　中野？」
日向君は小首を傾《かし》げて不思議そうに私を見ている。

駐輪場の時は素直に言えたのに、今となると少し照れる。
私は精一杯声をふりしぼって言った。
「あ、あの……ありがとうっ……日向君」
背中を押してくれて。
日向君はなぜか顔を伏せて“うん”とだけつぶやいた。
そうして、まるで闇の中に溶けるかのように日向君は店を出て行った。
優しく、あたたかい感情が全身を流れている。
ほっとしたように視線を落とすと、一つの破片が足元近くにあった。

「あれ、この割れたグラス、真っ赤な口紅がついてる……」
その時の私は、“赤い靴”の人が忍び寄っていることに、気付きもしなかったんだ。
まるで、そんな私を後ろから嘲笑《あざわら》うように、その影は近付いていた。

赤い、
赤い影が。

第4章
繋《つな》いだ手

錯乱

Side of Kasumi Hinata

———危なかった。
絶対にあと少しでどうにかなるところだった。
おかしい。
おかしいおかしいおかしい。
今、自分は異常なんだ。
異常なんだ。

——中野に、人間（ひと）に触れたいと思うなんて。

「お、佳澄、おめぇ、おっせーよっ」
「っ」
店の裏口のドアを開けた瞬間、頭をぐりぐりとなで回された。
乱れる呼吸をどうにか整えて、その声の主のほうを見上げると、そこには遠藤さんがいた。
この紫紺色をした店に、恐ろしいほど違和感なく溶け込んでしまっている。
「宮本さん、心配してたぞ。アイツならどっかでケンカ買って流血沙汰起こしてんじぁねぇかって、あれ？」

邪念を振り払うように走って帰ってきた俺は、髪も服もぼさぼさで、ついでに途中で雨が降ってきたため全身びしょびしょだった。
そんな俺を見て、遠藤さんはぎょっとしたように目を見開いている。
営業中だっていうのにも関わらず、遠藤さんの声は相変わらず大きい。
かなりのオーバーリアクションだ。
「うっわ、お前びしょ濡れじゃねぇかっ。早く拭け！　どこの激しいお姉さんと遊んできてんだよっ」
「…どっからそんなくそ下品な考えが生まれるんだよ」
低い声でそう冷たく言い放ってから俺は更衣室に向かった。
とにかく、こんな格好じゃ仕事が出来ない。
こんな気持ちじゃ、ろくにしゃべれもしない。

誰もいない閑散とした四角い更衣室に入ると、さっきまでの感情が一気に全身を覆いつくした。
……まるで、侵食するかのように。

「っ……」
ぽたぽたと毛先からしずくが伝い、白い床に落ちていく。
俺はうつむきながら、ひたすら錯乱状態におちいっていった。
あの時の俺は、一体何をしようとしていたんだろうか。
なんども頭を駆け巡るのはあの映像。
真っ暗闇の中、今にも崩れそうに、目を潤ませながら必死に俺の名を呼ぶ中野。

——その瞬間、俺はイカれたんだ。
中野をめちゃくちゃに触り倒してしまいたいと思った。
「っ……最悪……」
……もう、動けないくらいに、声も出ないくらいに、壊してしまいたいと。

———どうかしてる。
絶対にどうかしてる。
息が、息が出来ない。
“日向くん…ありがとうっ……”
……ただ、あの瞬間、初めてこの能力を認めてもらえたような気分になったんだ。
偏見も、差別も、何もない。
真っ直ぐで透明な感情が、訳わかんないくらい嬉しくて……
涙が、でそうになった。

俺はあの日……グラスを買いに行った日に聴いてしまった。
中野の悲鳴を。
店長の後姿を見ながら、店がつぶれてしまえばいいのにという中野の切ない思い。
感情が、言葉が、熱が、全身に流れ込んできた。
こんなことを聴かれたと分かったら、中野は俺のことを絶対に避けるだろうと思った。
……そう思うと、目の前が真っ暗になった。

「っ……」
———それなのに、中野は。

自分の汚い感情をさらけ出して、全部言葉にして伝えてくれたんだ。
全て俺のこの罪悪感を消すためだけに。
どんなに苦しかったんだろう。
どんなに悲しかったんだろう。
どんなに……怖かったんだろう。
この奇妙で異質な能力を目の前にしても、中野は俺を拒絶しなかった。

……そのとき、俺はもうきっと二度とこんな人には巡り会えないと思ったんだ。
たった17年しか生きていないのに、バカみたいだと言われるかもしれないけど、でも、本当にそう思ったんだ。
……思ったんだ。

床には、髪先から落ちた水滴が集まって小さな水たまりを作っていた。
……そこに映る自分は、なぜかまるで別の人みたいに思えてしまった。
「っ……」
俺は、ロッカーを静かに開けて黒いシャツを取り出した。
数種類の香水の匂いが染み付いているそれをまとった瞬間、なぜか、泣きたくなった。
中野に会いたいと、そう思った。
……理由はもう、分かっていたのかもしれない。

「お、やっと来たか佳澄。ほい、じゃ早く働いてな」

更衣室から出てきた俺を発見した遠藤さんが、てきぱきと指示をしてくれた。
さすがにこの店で3年間働いているだけあると思う。
少し俺の様子が変なことに気付いていたっぽいけれど、遠藤さんは少しもそのことには触れていない。
相変わらず読めない人だ。
「あと、髪まだ乾いてねーぞ。風邪引くなよなこの店、バイト少ねぇんだから」
「……はい」
そう言うと、遠藤さんは店の奥へと沈んでいった。
その薄暗い店の中に、すっと伸びる白い手。
……オーダーだ。
俺はそのお客さんの元へとゆっくり向かった

近付くと、徐々にはっきりと見えてくるその人の姿。
暗い店に浮かぶ茶色い巻き髪。
赤い靴と赤い爪は、周りから異常に浮いていた。
「久しぶり。日向君」
「………」
普段、客の顔なんてめったに覚えていないのに、鮮明にその人は記憶に残っていた。
……雪さんだった。

なぜか、不審げに動き出す心臓。
それを奇妙に感じながらも、俺は引き寄せられるように雪さんに近付いていった。
「ふっ、今日も黒い服だ」

そう微笑する雪さんの手元には、もう何本ものタバコが灰皿に押しつぶされている。
……この店に来て、大分たっていたのだろう。
「……しばらくぶり、ですね……」
俺はかすれた消え入りそうな声で言った。
「そうね。最近はちょっといろいろあって来る気になれなかったの。でも、今日はひどく気分がいいから」
どこか遠い所を見つめて雪さんは妖艶に笑い、また一本タバコに火をつけた。
ボォーッと浮かび上がる青い炎。深い香りは段々と広がっていく。
「……あれ、日向君なんか髪濡れてない？」
その雰囲気に少し酔っていた時、雪さんが突然、俺の髪を指差した。
「あ、これはさっき雨で……」
「そう……雨。降ってたんだ……。来る時は降ってなかったのにね」
「……」

「つい、さっきまでは」
怪しく微笑む雪さんから、なぜか目が離せなかった。
タバコの白く長い煙は、すっと上に消えてゆく。
激しい雨音が、やけに耳に残った。

「……じゃあ、そろそろ帰るわ。紫苑さんにもよろしくね」
雪さんはゆっくりカウンターから離れると、明らかにお酒の代金にはそぐわない大金を俺に押し付けた。
俺は慌ててすぐにそれをつき返した。

だって、こんな大金……余裕で俺の給料の半年分以上はある。
「ふ、やだ。すれてるように見えて意外と真面目なんだ、日向君は」
「……こういうのは、困ります」
からかわれているような気分になって、俺は少し機嫌が悪くなっていた。
だけど、すぐにそのイライラも全部吹っ飛んだ。

「いいのよ私、今日このくらいの料金の物壊しちゃったから」
そう、このセリフで。

——イライラは、疑いへと変わった。
急速にその考えは脳に根を張り、じわじわと広がっていく。
手ににじむ冷や汗。
まさか、ガラスを割ったのは——

「やだ。冗談よ。真に受けないで」
「っ」
「それじゃあね。日向君」
「待っ……」
———呼び止めようとしたその瞬間、頭に電流が走った。
言葉は、真っ白になって消えた。
声が、出ない。息が出来ない。
——なぜって、あの人の感情が読み取れなかったから。

「っ——！」
俺は初めてのことに混乱するばかりで、無理矢理押し付けられた札束をくしゃくしゃに握り締めたまま、その場に愕然《がくぜん》と立ち尽くしていた。

どうして？
なんで？
感情を完璧に殺せる人間なんていないはず。
「っ……」
――背筋が、ぞっとした。
どくんどくんと、血管が脈打ってる様子が自分でも鮮明に伝わってくる。
指先から、足先から、何か奇妙なものに侵食されていく感覚が襲ってくる。
店から出る直前に見せたあの雪さんの微笑みが、脳裏に焼きついて離れない。
雪さんは、一体何者なんだ。

「――おい、どうした!?　顔真っ青だぞお前!　それにその大金……」

「……遠藤さ……」
もはや誰だと判断することさえもわからなくなってきていた。
リピートするのは、彼女の声。
「さっきの雨で風邪ひいたんじゃねぇかっ？　今日はもう帰れって」
「……いい」
俺は遠藤さんの手を振り払って、グラスを片付け始めた。
何かしていないと頭がおかしくなりそうだ。
「おい、佳澄」

「……ほんとに大丈夫ですから」
「大丈夫ってお前、ふらついてんじゃねぇかっ。無理すんなって！」
「っ……」

――今、一人になったら、絶対におかしくなると思った。
激しい緊張感が、全身を襲っている。

頭が、壊れる。
「―――っ！」
「佳澄」

――その時、腕を誰かにきつくつかまれた。
思わず俺は飲みかけのお酒が入ったタンブラーをカウンターに倒してしまった。

……その音で正気に戻った。
少し、騒然となっている店。
客の視線。
透明な液体は、雪さんから押し付けられた札束をじわりと濡らしていく。
目の前には、俺の腕をつかんだまま真剣な顔をしている宮本さんがいた。

「……帰んなくていいから、休んでろ」
「っ」
全てを見透かしたように落ち着いた瞳。

気付いたら、かたくなに握り締めていた拳《こぶし》の力がゆるんでいた。
「遠藤。その金燃やしとけ」
「はーい了解」
ドク、ドク、と音を立てて徐々に心音が静かになっていく。
宮本さんにつかまれた手首だけ、異様に熱い。

「……いいか。ちゃんと休めよ、お前は」
「……はい」
「先に言っとくが、酒飲んで記憶飛ばそうとしたら本気で殴るからなテメー」
「…………………はい……」
宮本さんは、よし、と言ってからまた店の奥に消えていった。
その後に続いて、俺は隅っこのカウンターにうつ伏せ、目を閉じた。
雪さんの言葉をなんども頭の中で反芻しながら。

「………っ」
なんども。

次の日は、珍しく遅刻もせずに学校に着いた。
昨日は結局、そのまま店に泊まったから。
一晩たったら、少し頭の中が落ち着いていて、ちゃんと呼吸をしている自分がいた。
宮本さんは、朝になってもあの大金のことについては一切触れてこない。
……何かを察しているのか、聞くに聞けないのか。

俺自身、昨日のことを思い出すと、さあっと胸の中が薄ら寒くなる。
でも、今はその感情も幾分か治まった。多分、宮本さんたちのお陰なんだろう。
「よーっす、日向っ、元気ー？」
「いっ」
教室のドアを開けようと手をかけた瞬間、突如首筋に激痛が走った。

真後ろにはすげぇ笑顔で“青春の一撃ー！”とか言ってるカケルがいる。
朝からプロレス技をかけられた俺は、もちろん不機嫌になった。
なんだよ青春の一撃って。

「カケル……お前、本当息すんな……」
「声低っ！　なにお前今日いつにも増して低血圧じゃね？　不機嫌ー」
「………」
俺はカケルの足を無言で蹴飛ばしてから教室に入った。
なんか痛そうにしてたけど無視。

騒々しい教室の隅っこに荷物を置いて、よくよく考えを巡らせてみた。
今、確実に分かっていることは、雪さんは普通の人ではないということ。
今思えば、高校生の俺にあんな風に絡んでくる時点で不自然だった。

気味が悪かったけれど、それよりも怖いことがあった。

なんで中野に被害が及んだのか……。
……それとも、わざとそうしたのか。
何かの警告として。
その時、一つの考えが脳裏に浮かんだ。

————彼女も超能力者なのか……？

いや、そんなはずはない。
もし、そうであっても、俺に関わる理由も見つからない。
「っ……」

「あっ。日向君、おはよ」
「っ、中野……」
頭がショートする寸前、人懐っこい笑顔を見せて、中野が俺に近付いてきた。
……広がる不安。

だって、
だって、俺の秘密を知ってるのは中野だけだ。
特別な点は、そこしか見つからない。

「日向君、こないだはほんとにありがとう。残念ながら犯人はまだ見つかってないんすけど……」
そう言って苦笑する中野を見たら、胸が苦しくなった。
この先、また中野を訳の分からないことに巻き込んでしまうかもしれない。

何が起ころうとしているのか、全く俺も見当がつかないけれど、嫌な予感がする。
俺は―――

「………日向君？」
俺は、中野の隣にいてもいいのかな。
当たり前のように、秘密を守ってもらってきたけど、それは、すごく危険なことだったのかもしれない。
俺は、この能力を持っている人の世界をあまりにも知らなさすぎた。
もし、雪さんのことがただの思い過ごしだったとしても、危険なことになんら変わりはない。
中野に秘密を知られてから、いつの間にか能力への意識が薄れていた。
普通の人間になれた気がしていたのかもしれない。
どこかで。

「っ……」
「ひ、日向君？　大丈夫？　顔色悪い……」
「……ごめん。平気」
ずっと黙りっぱなしの俺を変に思ったのか、中野は心配そうに顔をのぞいてきた。
―――その、無防備さが怖い。
こんな俺のことをなんでそんなに信じてくれているのだろう。
だって、今、俺が中野の心を読んでるって疑ってもおかしくないのに。
なのに、中野は―――

「……ごめん」
「ん？　何が？」
「……っ」
胸が熱くなったその瞬間、足は廊下へと動いていた。
中野は突然の出来事に混乱している様子だった。

――気持ちが追いつかない。
俺はひたすら人気のない教室を探して回った。
中野をこれ以上巻き込んではいけない。
傷つけたくない。
自分の感情が交錯する感覚に、溺れそうになった。
「っ……」

――気付けばもう長い2学期は終わり、３学期へと移り変わろうとしていた。
冬休みは、明後日から。
冬の乾いた風が、妙に痛かった。

冬の空に

Side of Sae Nakano

「サエ、今、あんた何時だと思ってんの!?」
「んあ……」
目を開けると、そこには焦ったように怒るお姉ちゃんがいた。
明るい光が差し込み、ぼんやりとした視界が徐々にはっきりとしていく。
「お墓参り今日だって知ってるでしょ？　翔ちゃんとか、もうみんな来てるよっ?」
「ううえ!?」
その瞬間、私はガバッと布団から飛び起きた。
心臓がドクドクいってる。
恐る恐る時計に目をやると、もう短針は10を指していた。
ちゃんと目覚ましセットしたはずなのに。
「いいからもう早く支度して！　言っとくけど朝ご飯食べさせてる時間ないからね！」
「うぅ……はいすいません……」
私は布団から出て適当に髪を梳《と》かして着替える服を手当たり次第に引っ張り出した。
そんな私にあきれたのか、お姉ちゃんは先にリビングへと降りていってしまった。
こんな大事な日に寝坊だなんて最悪だ。
まだお正月にもなっていないのに、冬休みボケしている自分はどこまで間抜けなんだろう……。
それとも、朝倉先生から解放された安心感でほっとしてたのかな……。
ぶちぶちとパジャマのボタンを外していたら、突然荒々しくドアが開いた。
そこにいたのは、学ランを着たいかにも中学2年生ですって感じの不良っぽい少年。もとい、従兄弟《いとこ》。
……ボタンを全開にしたまま固まった。

「おっせーんだよサエ。さっさと来い」

「あの……翔くん……今私着替えてるんですが……。一応、女なんですが……」
「サエの下着姿なんか見たってなんとも思わねーし。いいから早く支度しろよ」
「す、すいません……うう」
そ、そんなにめちゃくちゃに言わなくたっていいんじゃないかよ……。
最近の中学生は本当にすごい。
腰パンもシャツ出しも眉剃りも当たり前で、それが様になっているから恐ろしい。
ああ、あの幼き日のかわいい翔君は一体どこへ……。
そう嘆きながら上のパジャマを脱ごうとした瞬間、突如枕が吹っ飛んできた。
「痛っ」
「ばかじゃねぇの、俺がいんのに普通に脱ぐなっ」
「えぇええーっ！」
む、矛盾にも程がある……。
だって今さっき“サエの下着姿なんか～”とか言ってたじゃないか。
最近の中学生はやっぱり分からん……。
翔君は、結局、バタンとドアを閉めて下へと降りていってしまった。
絶対、翔君が来なければ、とっくに着替え終わってたのに、と思った。

「サエー早く」

「あーい」

玄関を出ると、シルバーのミニバンから渉子さん—従兄弟のお母さん—が顔を出していた。
こんな大人数でお墓参りだなんて、おじいちゃん幸せ者だな、と思った。
いつもより澄んでいて透明な空が、果てしなく続いている。
じっとそれを見つめていると、吸い込まれてしまいそうな気がして、少し足がふらついた。
車の中はもう満員で、とても狭い。
私は誘導されるがままに翔君の隣に座った。(押し込まれた、と言うほうが適切かもしれない)。

「うわ、なんだよお前、ちけぇーよ」
「や、だって狭いんで、しょうがないじゃないっすか……」
もうなんだ、この反抗期息子は。
「翔の近親相姦ー」
「うっせ、兄貴!」
翔君兄弟の口げんかを聞き流しながら、私はぼんやりと窓の外を見つめていた。
薄いブラウンの窓には、水色の冬空が鮮明に映りこんでいる。

なんとなく、日向君のことを思い出した。
２学期が終わる直前の様子がおかしかったから、少し気になる。
私、なんかしたかな……。
お礼の気持ち、ちゃんと伝わってたかな……。
今こうしていられるのは日向君のお陰だよ。

「良い天気ね」
しばし空想にふけっていたとき、ささやくように渉子さんがつぶやいた。
助手席に座っているお母さんも、静かに、そうね、と言った。

——去年もそうだった。
おじいちゃんの命日は、晴天だった。
雲ひとつない、薄い水色の空。
まるで、おじいちゃんの瞳の色によく似ていると、ぼんやり思った。
「サエ、お水汲んできてちょうだい」
「はーい」
私は、玉砂利を踏みしめて、墓地のすぐ隣にあるお寺の水道へと向かった。
２本の大きな杉の木に囲まれているそのお寺は、ずっしりとそこにあった。
門には、下から這《は》うように苔《こけ》が生えている。
何百年もの歴史がこの建物に蓄積されているような気がして、私は、その場に止まったまましばし呆けた。
「……これからもおじーちゃんをよろしくお願いします」
そしてお辞儀をしてから、桶に水を汲んだ。
ただの水道水なのに、清らかな気がするのは、やっぱりこのお寺の雰囲気からくるもんじゃないかと思った。
「水、持ってきたよ」
お墓のほうに戻ると、渉子さんは、私が重たそうに持っていた桶をさっと受け取ってくれた。
「よし、じゃあ水あげて」

「うん」
柄杓で水を汲み取り、おじいちゃんのお墓のてっぺんから、ゆっくりそれをかけた。
水のカーテンとなり、滑らかに下へと落ちてゆく。
その水に空が映りこんで、一瞬お墓が空色に染まった。
……綺麗だった。

「ふ、何ボーッとしてんのあんた」
「……うん」
そんな私をお母さんは笑った。
ほっとしてるのかな。
やっと私が、こうやってお墓の前に立っていることに。
しばらくすると、お線香の香りがあたりに漂い始めた。
……あ、この感じ。
「おら、サエ。線香」
「あ、ども」
翔君から受け取ったお線香をお墓の前に置いて、ゆっくり手を合わせた。
静寂な雰囲気の中、みんなが黙想にふける。
目をつぶると、そこにはおじいちゃんがいて、よく来たねって頭をなでてくれたような気がした。
もちろんそれは、幻だけど。
おじいちゃん、どうかこれからも皆を見守っていてください。
約束は、ちゃんと守るよ。

「……サエ、何をそんなに一生懸命お願いしてるの？」
ふふっとおかしそうに笑って、おばあちゃんが問いかけてきた。

私はゆっくり微笑んで、それから口に人差し指を当てた。
お線香の白い煙は、透明な空へと吸い込まれていった。
心の中が、すぅっと満たされていくのを、どこかで感じていた。

「じいちゃんってさ、変な人だったよな」
私の家に皆で戻った途端、まるでひとり言の様に翔君がつぶやいた。
日当りの良い位置に置かれたソファーに座り、どこか憂いを帯びた表情をしている。
お母さんと渉子さんは、忙しそうにお昼ご飯の支度をしていたけれど、きっとみんなどこかで「ああ」と、おじいちゃんのことを思い浮かべていたはずだ。
だって、一瞬、みんな何もしゃべらなくなったから。

「日本人のくせになんでか目が青くて、もうそんなのどうでもいいよってことばっかりバカみたいに詳しくてさ」
尚も翔君はひとり言のようにつぶやいた。
真冬の白い光が差し込んでいるリビングに、なんとも言えぬ空気が漂っている。
懐かしいとか、そういうんじゃなくて、こう、もっと、愛しいような時間。
私もおじいちゃんのことをゆっくり思い出していた。
お墓参りに行ったからかな。こんなに素直におじいちゃんのことを想えるのは。
その雰囲気が、私の口からいきなりな質問をさせた。
「おばあちゃん。おじいちゃんってさぁ、若い頃どんな人だったの？」

おばあちゃんは、一瞬考える仕草を見せてから、うすくシワを浮かべて穏やかに微笑んだ。
微笑んだ、というか、微笑んでしまった、という感じだ。

「久枝じぃかい……不思議な人だったよ。ほんとに」
一句一句、大切そうに話すおばあちゃん。
うかつにあいづちを打ってはならないような気がして、私は黙って聞いていた。……翔君や、お姉ちゃん、他の全員も、きっとそうだったろう。
「瞳がね、こう、澄んでて、綺麗で。初めて会ったとき　に思わず話しかけちゃったの。どこの国の人ですか？　って。そしたらね、あの人ったら真面目な顔をして、英語をしゃべりだしたのよぉ」
ぱっとその光景が頭に浮かんできて、私は思わず笑ってしまった。
「私は、もちろん英語なんてさっぱり分からなくて、焦っちゃって。そしたら突然“あなた、もし本当に私が外国人だったらどうしたんです？　こんな風になってましたよ”って意地悪く笑ったんだよ。それがあまりに魅力的で、見とれて、顔が真っ赤になっちゃって……結局逃げちゃったんだよ」
そう言って豪快に笑うおばあちゃんの顔は、とても生き生きとしていた。
私の知らない二人の思い出。
それを今も大切に覚えているおばあちゃんは、なんて、一途な人。おじいちゃんがどれだけ愛されていたのかが分かった。
私は、なんだか嬉しいような、そんな気分になり、次々と質問が口をついて出た。

「ねぇねぇ、じゃあなんで結婚したの？　また出会えたの？」
「そうそう。また、偶然にも会ったのよ。で、なんとかお付き合いを始めたんだけど、突然何も言わずに姿を消しちゃってね。でも、待ったの。ずうっと」
「えー!?　何も言わずに去っちゃったのにっ？」
私は思わず不満の混じった驚きの声を上げた。けれど、おばあちゃんは、にかっと笑って、「そう言うと思った」というような表情をした。
「なんでか、あの人じゃなきゃダメって、そう思ったんだよ」
「なんで？」
「……サエもきっと、そういう人に出会えるよ。もしくは、もう、出会ってるかもしれないね」

意味深に笑うおばあちゃんの言葉は、今の私には現実味がなくて、なんだか遠い話のように思えた。
おばあちゃんは、曖昧《あいまい》な表情の私の頭をなでて、キッチンへと消えてしまった。
おじいちゃんの話を聞いて、ますます私はおじいちゃんのことが好きになっていた。
もし、生きていたなら、おじいちゃんからもっといっぱい聞けたのかな。だったら、聞いておけばよかったと、今更ながら、少し悔やんだ。
おじいちゃんがいつも座っていた、縁側のロッキングチェア。なんとなく、今でもそこにおじいちゃんが座っているような気がした。
その瞬間、ふわっと、まるで風のように、昔の風景が鮮明によみがえってきた。
ブルーグレーの瞳は、いつも本に向いていて、その奥では、ミルクティー色のカーテンが、ゆらゆらと揺れている。

……ああ。
日向君に似ていると、そう思った。
雰囲気とか、落ち着いた声とか、どこか儚《はかな》い感じが似ているのだ。
何より、あの、ブルーグレーの瞳が。
全てを知っていて、突然ふっと消えてしまいそうな———

「っ」
——あれ、なんだろう。どうしよう。
今、すごく、会いたい。
日向君に、会いたい。
突然それは、波のように私を襲ってきた。
無性に会いたくて仕方がない。

訳の分からない衝動にかられ、ただただ動揺していた。
なんだこれ、私、どうしちゃったんだ……。
「うぅ゛ぉおお……」
「サエ、お前頭大丈夫？」

「しょ、翔君どうしよう……私ストーカー癖があるかもしれない……」
「真顔で言うな、怖ぇよっ」
翔君の座っていたソファーにあごを乗っけたら、近寄るなストーカー、と、クッションを投げつけられた。
こんの小悪魔め……。
しばらくウンウンうなっていたら、歩君（翔君のお兄ちゃんで、とても大人しい人だ）に、どうしたの？　と聞かれた。
本当に対照的な性格の兄弟だ。
私は、ソファー前に置いてある机に、突っ伏しながらつぶやいた。歩君も興味深そうに私のほうを見ている。
「……今、なんか急に、うおー会いてえー！　って思う人がいるんですが」
「……うん」
「これは、ストーカー癖の一種っすかね…」
「う゛ーん……え？　それ、男？」
「うぃっす……」
「う゛ーん……」
歩君は複雑そうな顔をしてから、じぃっと翔君のほうを見ていた。
翔君も翔君でいぶかしげに眉根を寄せている。
ひ、引かれてる……。

どうしようこの空気。

そう気まずくなった瞬間、突如頭に痛みが走った。
「痛っ！　いた、痛いっす。翔君なんすか…！　髪抜けるっ」
「うっせ。チビ」
「おーん……？　こしゃくな……!」
翔君の頭を思い切りぐしゃぐしゃにしてやった。
私だって反撃くらいする。

だけど、翔君は相変わらずふてくされた顔をしていた。
「翔、姉ちゃん離れしろよいい加減。シスコン」
「オモチャとられたみてぇーで気に食わねぇー。うぜー」
こ、言葉づかいが悪すぎる……。
こんなんで高校行ったら一体どんな不良に成長してしまうのか心配だ……。
うなだれる様に、ぺたりと机に頬をくっつけると、ひんやりとした感触が広がった。
もやもやとした感情が渦を巻いている。

歩君は、そんな私を柔らかく見下ろして、口を開いた。
「よっぽどその人のそばが落ち着くんだろうね。きっと」
「……」
「それだけは、確実に言えることだよ」
意味深に微笑んでる歩君。
私はゆっくりと瞳を閉じて、“その人”を思い浮かべた。
落ち着いた優しい声。
真っ黒な細い髪。
透けるほど白い肌。
ピアニストみたいな長い指。
……言葉に出来ない安心感が広がり、胸が締めつけられるような衝動にかられた。
それはどこまでも自然な感情だった。
すんなりと、その優しい気持ちを体が受け入れていく。
“そばにいて安心できる人”
それは間違いなく日向君だった。

「あ、やだ。サエ、そんなとこで寝ないでよ」
真っ白な世界から、どこかで声が聞こえた。
ぼんやりとそれははっきりと姿を現し、しばらくたってからそれが自分の親だということを理解した。
「あれ？　……え、い、いつのまに、寝て……」
「やだもう。一日の大半を寝て過ごしてんじゃない。まったく、この子ったら……」
そう言ってお母さんは、付けっ放しだったテレビを消した。もう外は、はっきりとしたオレンジ色で、少し厚みのある雲を浮かばせている。
大きい窓からは、夕日の光がたっぷりと差し込み、リビング中を照らしていた。お母さんの長い影が、くっきりと映るくらいまぶしい夕日だった。
時間に私だけ置いていかれた気がして、少し、寂しいような、焦るような、変な気持ちになった。
「……しょ、翔君たちは？」
「隣の部屋でゲームしてるよ。今日は泊まっていくって」
「そ、そうなんすか……」

お母さんは電気をつけずに、洗濯物をたたみ出した。
なんでも、私があまりにも幸せそうな顔をして寝ていたから、お昼ご飯になっても起こすに起こせなかったんだとか。
「一体誰の夢を見てたの？」
お母さんはいたずらに微笑んで聞いた。
『なんの夢』ではなく、『誰の夢』、と。
私はなんだか分かんないけど恥ずかしくて答えることができなかった。

「そうだ。サエ、ケーキ注文してたからとりに行ってくれる？」
「ケーキ？」
「やだ。なんの日か知らないなんて言うんじゃないでしょうね」
そう言ってお母さんはカレンダーを指差した。
ああ、そうか。
おじいちゃんのお墓参りにすっかり気を取られて忘れていた。
今日は、クリスマスだ。
「えぇー寒いのに……」
「こんだけ眠っといて何言ってんの。少しは動きなさいよ、文化部」
「うぁーい……」
私はのそのそと立ち上がり、ハンガーにかかっていたファー付きの真っ白なダウンコートを羽織った。
お母さんは、私の首に長い手編みのマフラーをぐるぐるに巻いて、『よし、行って来い』と笑った。
手先は器用なくせに、相変わらずガサツな母親だ。

「今日は、イルミネーションが綺麗だと思うから、寄り道してもいいよ。ただし7時までには帰ってきてね」
「うぃっす……」
「ぶっ、やだーあ。サエ、マフラーで顔半分以上隠れてるじゃない。不審者みたい」
自分で巻いたくせにこの親は……。
私はそんなお母さんを適当にあしらってから、玄関を出た。

聞きたかった言葉

Side of Sae Nakano

外は思った以上に寒くて、まるで、夕日が必死に空を暖めているように見えた。
裸の木がぽつぽつと植えられた住宅街を抜け、オレンジ色に染まった道路をひたすら歩くと、そこにケーキ屋はあった。
数種類のレンガが組み合わされた、いかにもな雰囲気のその店は、ひっそりとそこにたたずんでいた。
重たい木のドアを開けると、カランという鐘の音が鳴る。
外の世界から、この世界に入る瞬間が、なぜかたまらなく不思議で、大好きだった。

「こんにちはーん」
「あ、サエちゃん。いらっしゃいませー」
店員さんは、もう私の顔を覚えてくれたのか、ふんわりと微笑んで私を出迎えてくれた。
甘い香りが、店中に漂っている。
幸いなことに、まだ店は込んでいなくて、お客は私一人だけだった。
林檎のように赤い頬をした彼女は、くるくるとした天然パーマの髪を横に一つにして、ゆるく結わいていた。本当にこの店の雰囲気によく似合っている。
「クリスマスケーキですよね」
「うんっ」

「かしこまりました。少々お待ち下さいー」
彼女はまたにこりと微笑んで店の奥へと消えていった。
暇になった私は、ガラスケースに並べられた、色とりどりのケーキを物欲しそうに見つめていた。
すると、カランという鐘が鳴る音がした。
お客さんか、これから込み始めるのかな……。
特に気にせずにケーキを眺めていたら、そのお客さんの驚いたような声が聞こえた。

「……中野？」
声の主は、朝倉時雨だった。

「えっ……ええ!?　え゛——」
「お前“え”だけで感情を表現するな失礼な野郎だなっ…!」
「いた！　痛いっすっ……頭が割れるうーっ」
先生は、私の頭に拳をぐりぐりと押し当てた。
だから、指輪があたって痛いんだって……！
涙目になってきた頃、先生はやっとそれをやめてくれた。

「な、なんで先生こんなところにいるんすか……」
このあいだ、おでこにキスされた時から避けていた。
先生も話しかけてくることはなかった。
久しぶりに言葉を交わしてしまった。
き、緊張する。
……わずかに声が震えていた。

でも、先生はまるで“あんなこと”があったなんて忘れてしまったかのように、いつものように眉間にシワを寄せて、ぶっきらぼうに言った。
「ケーキ屋に来たんだ。ケーキ、買いにきたに決まってんだろうが」
「え!?　先生、ケーキ食べるんですか？」
「ちげぇよ。クリスマスパーティーとかなんかやってて、それで結城先生が……」
そこで先生は話すのをやめた。
結城先生って、あの学校のマドンナとして有名な結城先生かな。
お、じゃあもしかして……。
「お前。よからぬことを考えてんじゃねぇだろうな」
「現在進行形っす。うっす」
「ふざけんな」
先生は本当に嫌そうな顔をしてそう吐き捨てた。
ぜ、絶対この人教師じゃない……。
「暇な独身教師が集まってやってんだよ。その買い出し。無理矢理、結城先生に誘われて……」
「わあ悲し……」

「うっせ。ほっとけ！」
なんだ。
全然いつもどおりだ。
私はそのことに少しほっとした。
だったら一体、このあいだのことはなんだったのだろう。

「ねぇ、せん……」
そのことを質問しようとした時、ちょうど店員さんがケーキの箱を持ってカウンターに戻ってきた。

先生も私も口をつぐんだ。
「この時期はすごく込むのに、運が良かったですね」
ケーキを渡された瞬間、ふわぁーっと甘く優しい香りが鼻腔《びこう》をくすぐった。
にっこり微笑んでいる店員さんを見たら、なんだかこっちまで嬉しくなってしまい、思わず頬がゆるんだ。
この人はそういう力を持っている。
人を和らげるような、そんな力。

朝倉先生に質問するタイミングは逃してしまったけれど。
「お、美味そうな匂いだな。何頼んだんだ。ていうか、よこせ」
「えぇ!?　あのジャイアンでさえそこまで横暴じゃないっすよ……!?」
何を突然言い出すんだこの教師。
先生は、私の受け取ったケーキの箱に鼻を近づけてきた。
店員さんにも苦笑いされている。は、恥ずかしい……。
私はその箱を抱きかかえてさっさと店から出ようとした。
「え……なに!?」
先生がドアに手をついてさえぎったため、店から出るに出れなかった。
「いいだろちょっとくらい。顧問だろ」
「なんすかその言い分意味分かんないっすよ！　ていうか買えば良いじゃないですかここケーキ屋さんなんですから……っ」
ぎぎぎっと音を立てて、私は必死にドアを押し開けようとした。
尚も続く攻防戦。
「や、金持ってくんの忘れてた。今気付いた」
「うわーっ知らねぇー！」

「結城先生怒らせると怖ぇんだって。いいだろ少しくらい減るもんじゃねぇんだし」
「いや、めちゃめちゃ減るもんですけど……!?　ていうか、切ってもないんで普通に無理ですから……！」

んばっと、無理矢理店を出ると、私はバランスを崩して、道路に転んだ。
バタンとドアが閉まる音がしたのと、鐘の音がカランカラン、と鳴ったのは、ほぼ同時だった。
真上には、そんな私を哀れみを含んだ目で見下ろす先生。
黒い影が、地面にうつ伏せになっている私を覆った。
「……お前、何やってんの？　てか、ケーキ……死んだな。もうそれ……」

「うあー……もうやだー……」
私は今一体何をやっているんだろう……。
冷たい道路に手の平をくっつけながら空を見上げたら、切なくなった。

厄日だ。今日は厄日なんだ。
多分きっと、いや、確実に、先生自体が疫病神なんだ……。
「おら、いつまでも寝てんじゃねぇ立て。通行の邪魔だ」
「どこまで鬼畜なんですか…」
こんのぉ、ジャイアンめ…。
私は重たい体を起こして、服の汚れをはらった。
そのとき、ズキズキと手のひらに痛みが走った。
ああ、やばい。さっき転んで切ってしまったんだ。
私が、わずかに顔をゆがめたことに気付いたのか、朝倉先生は、

『どうした？』と寄ってきた。
「や、なんでもないっす……」

「あ」
先生は、私の手の平の傷に気付く前に、他のものに気付いたようで、小さく声を上げた。
私も、先生の見ている方向に目をやった。
「「あ」」
重なった声は、わずかな沈黙を作り上げた。

そう、そこには日向君がいたのだ。
黒いマフラーを口元までぐるぐるに巻いて、目を見開いて驚いていた。
———あ、どうしよう。
なんでだろう。
嬉しい。
嬉しい、どうしよう。
その瞬間、胸がぎゅうってわしづかみされるような感覚におちいった。
全身が安堵感に満ちて、思わず抱きつきたくなった。
……重症だ。やっぱりストーカー癖なんだ。

「なんだお前、こんな時間にこんな所で」
「……」
日向君は、思い切り“そっちこそ”って表情をしている。
私はというと、まだびっくりしていて、口をあんぐり開けたまま間抜けな顔をしていた。

服装からして、バイトへ行く途中だったのか、そんなことを考えていた。
「……なんで……一緒にいるの」
低くかすれた声。
それはあまりにも小さな声だったので、聞き取るのに少し苦労した。
日向君はずっとうつむいたまま、顔をあげようとはしない。
「なんでって、たまには生徒にケーキをおごってやろうと」
「いやいやいや、全く逆の立場ですよね……!?」
何を言い出すんだこの教師は。ただ偶然会って、お金を忘れたから生徒のケーキを奪おうとしてただけのくせに。
そう、先生に文句を言っていると、突然、日向君が私に近付いてきた。
そして、突如、手をぐいっと引っ張られた。
「え、あの、え……？」

「血」
混乱している私をよそに、日向君はそう一言つぶやいた。

「え？　血？」
「血、出てる」
「あ、これは、さっき転んで……」
触れた指先からどんどん熱が上がっていくのが分かる。
おかしい。日向君の手は凍るように冷たいのに。
「……っ」
「……痛いの？」
「いや、あのっ……」

———その瞬間、全身に甘いしびれが走った。

手のひらに触れたのは、日向君の冷たい唇。
ちゅっというかすかなリップ音と同時に、不思議と痛みが引いていった。(痛みが引いた、というより、びっくりして痛みの感覚がなくなったんだ)。
それは本当にわずかな間のことだったけれど、私はすっかり呼吸の仕方を忘れてしまった。
「え……あの……。今のは……」
……硬直。それしか言いようがない。
日向君の鋭い瞳を見たら、何も言えなくなってしまった。
でも、なぜかその鋭い眼光の先は、私ではなく朝倉先生に向いていた。

「おいおい、日向。中野、びっくりして固まってんぞ?」
「……」
「威嚇《いかく》すんなよ」
先生は挑発的に微笑んだ。
な、なんだろうこの空気……。
それより、私はさっき、ひ、日向君に何をやられたんだろういったい……っ。
体中の熱が、全部顔に集まっていく。
どうしよう。
熱い。
景色がゆがんで見える。

今、私の頭からは湯気が出ているんじゃないだろうか。

そうショートする寸前のところで、つかまれたままの手をぱっと離された。
目の前には困惑したように顔を赤くしている日向君。
「ごめ……」
口元に手の甲をあてて謝る日向君は、自分でもさっき何をしたのかよく理解していないみたいだ。
もちろん私も、ますます訳が分からなくなっていた。
二人して硬直したまま、呆然と突っ立っている様子は、周りから見たらすごく珍妙だったろう。
しばしの沈黙の中、日向君が不安げにつぶやいた。
「……やっぱり無理だ」
でもそれは、あまりにも小さな声だったので、聞き取れなかった。
「……え？」
「……ごめんっ……」
『ごめん』

——あれ、まただ。冬休みの直前の日と同じ。

なんで、謝るの日向君。
そのセリフの意味は、一体……。
その瞬間、まるで、さあっと風が吹き込むかのように一つの映像が浮かび上がってきた。
それは、おじいちゃんが亡くなる少し前の日。
『ごめん』
まるでもう死を知っていたかのようにおじいちゃんはつぶやいた。
ロッキングチェアに座り、ミルクティー色のあのカーテンに揺られながら。

どこまでも優しい笑顔で。
ありがとう、ごめんね、ありがとうって、私の頭をなでながら、
なだめるかのように言われたあのセリフ。
――ああ、きっと私は分かってたんだ。
おじいちゃんが消えてしまうことに。
もう、気付いていた。

「……俺、帰る……」
「っ」
日向君は、うつむいたまま歩き出した。
朝倉先生が何か言いたげな顔をしていたけれど、結局口をつぐんでいた。
……重なる過去と今。

――その時、何かが全身を駆け巡って貫いた。
日向君が、おじいちゃんと同じように、
一瞬“半透明”に見えたのだ。
今すぐに消えてしまいそうな――
「日向君っ」
「っ」
気付いたら、私は日向君の名前を呼んでいた。
なんか、なんか言わなきゃ。
焦るばかりで言葉が見つからない。

どうにか精一杯搾り出した言葉は、たったの３文字だった。

「またね……っ」

『ばいばい』じゃなくて、それに繋がる確かな言葉が欲しくて。『またね』って、『また会えるよ』って、言って欲しい。安心させて欲しい。
おじいちゃんがいなくなったときの、あの、体の半分以上が欠落したような、あんな沈痛な思いをするのはもう嫌だ。
「……うん」
日向君は、消え入りそうな声で言った。
その表情は、今にも崩れてしまいそうだった。
『またね』でも、『ばいばい』でもない。曖昧な返事。
それだけを残して、日向君は去っていった。
……段々と遠くなる影。
私は、ただ呆然とするばかりで、日向君がなんであんなに悲しそうだったのか、全く分からないでいた。

「朝倉先生……」
「あ？」

ひとり言のようにつぶやくと、朝倉先生はぶっきらぼうに返事をした。
じわじわと、まるで染みのように広がる不安。
それと同時に、どうしようもない虚無感に襲われた。
言葉が、ボロボロと崩れ落ちていく。
「私、日向君になんか悪いことしたんですかね……」
「知るか」
「……先生、嫌い」
「だーっ、もう。うじうじするなうっとうしい」

先生は面倒くさそうに言い放った。

それから、何か考えるかのように私を見つめて、もう一度口を開いた。

「……日向は、言うべきことを絶対言わないタイプだろ」
「……へ」
その時、先生は小さくつぶやいた。
「……近づくなって警告したのに」
「……え……」
「……あ゛ー、もう俺帰るわ。なんかだるくなってきた。じゃあな」
突然、私のポケットに右手を突っ込む。
「え、なな何……」
先生はその手をすぐに出し、私の頭をぐしゃぐしゃにかき回してから去っていった。(クリスマスパーティーはこのまますっぽかすらしい)。
手元に残ったのは、ぐしゃぐしゃになったケーキ。
ポケットを探るとしわくちゃの５千円札。
そして、日向君のセリフだけだった。

『ごめん』

その言葉だけで、日向君が遠くに行ってしまう様な気がした。
…ああ、そうか。
なんだ。そうだったんだ。
この悲しみには、この痛みには、特別な理由があったんだね。

やっと分かったよ。日向君。

胸が痛んだこの瞬間、初めてこれが恋だと知りました。

優しい温度

Side of Kasumi Hinata

『またね』

中野の言った言葉を、ひたすら頭の中で反芻しながらRien（宮本さんの店）を目指した。
胸が押しつぶされるような思いだった。
もう会っちゃいけないって、そう決めたばかりなのに、何をやってるんだろう。
俺は、ひたすら自分のことを非難し続けた。
顧問と中野が二人でいるだけで、嫉妬している自分。
なんで二人でいたかは分からないけど。

あの時、なぜか中野が遠く感じられた。
中野が、俺のものだったらいいのに、って強く思った。

「っ……」
……でも、中野の隣に俺はいてはいけない。
俺の場所は、多分一生ここだ。
——まるで自分に暗示をかけるかのように、店を見上げた。
やっとたどりついたそこは、闇に溶け込んでいるかのように見えた。

中野と別れてからほんの少ししかたっていないのに、あたりはもう黒に近い紺色で、電飾がうっとうしいほどに光っている。
この店の周辺では、クリスマスとか関係なしに、毎日こんな風景だ。
眩暈がするほどの雑音と、汚い人間の欲望に溺れそうになり、俺は慌てて店に入った。

「佳澄。どうした今日は遅かったな」
店に入った瞬間、街の雑音が全て消えた。
「早く着替えちまえ。もう開店するぞ」
宮本さんは遅刻したのに特に怒る様子もなく、早く着替えるよう俺を促した。
まるで外の雰囲気と違う店内は、もう何人かのバイトの人が掃除をしている。
俺は、それらをしばらく見てから、決心したように重い口を開いた。
「宮本さん、ちょっと話あるんだけど……」
「……着替えたら聞いてやる」
「……分かった」
なんの疑いもなしに、あっさりと聞き入れてくれた宮本さんに少し感謝した。
香水の香りの染み付いた黒シャツに着替えながら、俺はこれから話すことを必死に整理した。
……怒鳴られるなんて百も承知だ。
でも、これ以外に答えが見つからない。
深く息を吐いてから、宮本さんの元へと近付いた。
そして、ゆっくりと口を開いた。

「……宮本さん、俺、高校やめることにした」
真っ直ぐに宮本さんを見て言った瞬間、妙な沈黙がフロアに木霊した。
宮本さんは、目を見開いて驚いている。
今まで宮本さんに育ててもらったも同然なのに、なんて親不孝なんだろうか俺は。
でも、本当にこれ以外見つからなかったんだ。
中野を守る方法が。

「……本気で、言ってるのか」
「……」
「は……ちょっと待て。整理がつかない」
宮本さんは深くため息をつき、額に拳を当てた。眉間にシワを寄せたその表情は、苦渋と困惑に満ちている。
もう何回目だろう。
大切な人に迷惑をかけるのは。
しばしの静寂の中、沈痛な面持ちで、宮本さんはやっと口を開いた。

「……理由は、言えないのか」
俺はゆっくりと首を縦に振った。
「……俺は、そんなに頼りないか……？　佳澄……」
「っ」
かすかに震えている宮本さんの声に、胸が苦しくなった。
違う。違う、そうじゃない。そうじゃなくてっ……。
俺はただ、もうこれ以上誰かを巻き込みたくないんだよ。

なのに、なんで俺は、こうも大切な人を大切にできないんだ。
なんて、非力なんだ。

「違うっ……宮本さんは信頼してる……」
———溺れていく。
「信頼してるから、言えない……っ」
———溺れていく。

何もかもが情けなくて、じっと涙が込み上げてきそうになった。
こんな能力なければと、今、心の底から思った。
こんな、こんな能力要らなかった。
人の心なんか、分かんなくたって良い。

「オーナー。あの、お客が……」
その瞬間、カランカランというベルとともに、常連の客達が入ってきた。それを気まずそうに知らせるバイト。

宮本さんは、何か言いたげな顔をしていたけれど、『ああ』と返事を返した。
「とりあえず、佳澄、このことはまた後でじっくり話そう」
「……」
「なあ、それまでにもう一度よく考えてくれないか…？」
「……っ」
俺は黙り込んだまま、宮本さんが店の奥に消えていくのを見ていた。
次々と入ってくる客達に、俺はどんどん隠されていった。埋もれていった。

このまま、消え去っていくような気がしていたんだ。
『またね……っ』
何もないまま、何も残さずに——

「日向君」
「っ」
———その時、ポン、と肩を誰かに叩かれた。
突如視界に飛び込んできた赤いマニキュア。
振り向いたそこには、雪さんがいた。
「元気ないね。どうしたの？」
「……べつに。なんでもないです」
俺は必死に平静を装って冷たく言い放った。
ざわざわと騒ぎだす胸。
体が、この人に対して拒否反応を示している。
「へぇ……。今日は随分機嫌が悪いのね。何か嫌なことでもあったのかな」
「……っあの」
「それとも悩んでいるのかな？」
「………？」
「自分の能力のことについて———」
「————————っ」
全身の血が、一気に引いた気がした。
ああ、やっぱりだ。やっぱりこの人は能力のことを知っていたんだ。
俺は額に汗をにじませながら、雪さんのことを黙って見つめていた。
「……ちょっと外に出ない？　人に聞かれたらまずいの。分かるでしょ……？」
意味深に微笑みながらささやく雪さん。
一瞬戸惑ったけれど、もう今更だ、と思い、俺は宮本さんに気付かれないように外へ出た。

「Rien」とその隣の店のわずかなスペースに隠れるように、俺と雪さんは向かい合った。
空はもう真っ暗で、星は一つも見えない。
代わりに電飾がいくつも消えたり点いたりしていた。

「……びっくりしたの。日向君のウワサを聞いて、初めてお店に来たとき、能力者に雰囲気が似ているって」
薄く笑みを浮かべながら話す雪さんの目を、俺は怖くて見れなかった。
初めて遭遇した、能力者。
それはこんなにも気味の悪いことなのか。

「私は、人の心が読めるわけじゃないんだけど……」
「っ」
俺はそのセリフに一瞬固まった。
じゃあ、なぜこの能力のことを知っているんだ……？

「さっき『能力のことについて悩んでいるのか』って聞いたでしょう」
「……ええ」
「実はかまをかけたの」

「え」
「本当に能力者なら動揺を隠せるはずがないから」
「っ」
「そのときのあなたの表情を見て確信したわ―――能力者に間違いないと」
俺は、初めて聞く自分の能力のことに当惑した。
ここまで話すと、突然雪さんは表情を変えて俺に近付いてきた。

「……っ。なんですか」
「日向君は本当に何も知らないのね。能力のこと、能力を知ってしまった人のこと。日向君は協定を破ったのよ。その大変さ、分かってる……？」
「っ」
雪さんは、尚も暗示をかけるかのように俺に言い放った。
すっかり俺の体は、全く動かなくなっていた。

「日向君の秘密を知ってしまった子が、全く日向君におびえてないわけじゃないってこと、理解してる……？」
「……してるよ。だから……」
だから、
「だから、いつか離れられる前に、自分から離れようとした。そうでしょ？　日向君」

――なんの言葉も返せなかった。
「守るとか、それより前に、離れていくのが怖くて」
声が、出ない。

「何より負担だもんね。『その人』にとって。いつ心を読まれるかって、びくびくしてなきゃならないもの」
息が、できない。

「それじゃあ、いつか離れていくに決まってる」
———その瞬間、目の前が真っ白になって、どうしようもない虚無感に襲われた。
胸に、どすんと鉛が落ちて、たまっていく。
その度に、体の一部が剥《は》がれ落ちていくような、感覚。
心臓が、ドクドクと激しく脈を打っている。
世界に、置いてけぼりにされた気がした。

「お察しの通り、ガラス店のグラスを割ったのは私よ」
「……」
「でもその時分かったでしょ？　その子に被害が及ぶことを恐れるよりも先に、加害者が自分と関係ある人だと知られたらどうしようって、避けられるんじゃないかって。そっちのほうが怖かったでしょう？　本当は」
「…………」
「私だったら、いきなり消えることなんてないよ」
「……？」
「……長い付き合いに、なりそうだね」

そう微笑んで、雪さんは去っていった。
取り残されたのは、虚無。
それだけ。
返す言葉なんて一つもなかった。

全く足が動かなかった。
……真っ白で、真っ黒で、何もない。

「っ……つ」
何もない。
ない。ないんだ。
俺には何も。
何ひとつ。
———その時、まるでフラッシュバックしたかのように昔のことがよみがえってきた。

そこは大人たちに囲まれた和室。
物心ついた時から、自分の親を見たことがなかった。
なんでいなくなったのかも知らない。
生きてるのかどうかさえも分からない。
毎日毎日俺の引き取り先の話。
金の話。
言い合い、言い合い。

本当の親は一体誰……？
一体どこ……？
誰一人信じられなかった。
全部疑っていた。

———ああ、そうだ。
あの時からだ。
人の心が読めるようになったのは。
その途端、すっと体の芯が抜けきったような感覚におちいった。

俺は、そのまま崩れたようにその場にうずくまった。
なんで、今頃こんなことが分かったんだろう。
今更、分かったって、
「ぅっ……」
もう意味ないのに。

誰か、誰かそばにいて。
もうなんでもいいから。
１分でもいいから。一瞬でもいいから。
この手をとって握って。
じゃないともう俺は崩れそうだ。
壊れそうだ。
ああ、溺れていく——

「日向君っ……!?」

———その時、今一番聞きたい声が木霊《こだま》した。
心臓が、止まったかと思ったんだ。
本当に。
なんども目を凝らす。
でも、そこにいたのは間違いなく中野だった。

「っ……な、中……の」
「だ、大丈夫……っ!?　こんなところでうずくまって……ね、熱あるの……っ？」
——夢かもしれない。夢でもいい。
心臓が、体が、やっと呼吸の仕方を思い出し始めた。

涙が、あふれそうになった。
中野は、慌てたように俺に近付いてしゃがみ、しきりに熱を確かめている。
「……やっぱり、さっきの日向君の様子がおかしかったから、会いに来たんだけど、来てよかったっ……」
本当によかった、と、そう心の底から安心したように言う中野。

声にならない。
体中が、ぎゅうって苦しくなった。
声にならないよ。

「……っねぇ、日向君……」
中野の弱々しい声が、冷たい路地裏に響く。
俺は無言でそれを聞いていた。
「私、なんか日向君に嫌われるようなこと、しちゃったかな……？」
「っ」

——さっきの宮本さんの時と同じだ。
いつもこうやって不安にさせてしまう。
そうじゃないのに。
胸の中が、また情けない気持ちでいっぱいになった。
言葉にして否定すると、なんだか白々しくなってしまいそうで、俺はぶんぶんと首を横に振ることしか出来なかった。

「……じゃあ、ちゃんと、『またね』って言ってよっ……」

……その時、かすれた中野の声が、かすかに聞こえた。
中野の手は、かたかたと震えている。
俺は、びっくりして、何もしゃべれなかった。

「またねって、言ってよっ……。ちゃんと、また会おうねって、また会えるよって言ってよっ……」
「っ」
「もうやだよっ……。もう、誰かに急にいなくなられるのは嫌だよっ……そばにいてっ……」
「―――」

――嘘だろう。
こんな、こんなこと言ってもらってもいいのか俺は。
こんなに優しい人に触れてもいいのだろうか。
傷つけるのが怖くて、傷つくのも怖くて、そんな臆病者の俺でもそばにいていいの……？

「ほん……とに……？」
俺はそろりと中野の頬に手を差し伸べた。
「へ」
「中野…っ」
――次の瞬間には、ぎゅうっと苦しいほどに中野を抱きしめていた。
全身が安心と幸せで満たされた気がした。
中野の体は、柔らかくてあったかくて、まるでうさぎのようだった。

「ひ、ひなっ……」
「中野っ……」
指先から、全身から、全部この気持ちを伝えたくて、必死に抱きしめた。
心臓が、激しく脈打っている。
中野は、ビックリしたように硬直していた。
俺は、そんな中野に、確かめるように、不安げな声で聞いた。

「俺、人とは違うけど、それでもいいの……？」
「……へ」
「そばにいてもいい……っ？」
「――――っ」

――その時、突然、中野の手が俺の背中に回ってきて、抱きついてきた。
びっくりして、嬉しくて、泣きそうになった。
中野は、何も言わずにひたすら俺にしがみついて、時折泣き声のようなものが曇って聞こえた。

――ああ、こんな感じなのか。
声にしなくても言葉にしなくても伝わる思いって、本当にあったんだ。

「離れないでっ……」
聞き取るのに困難なくらい弱々しい中野の声。
「離れないでっ……日向君がいなきゃ嫌だよっ……」
「っ」

「嫌だよっ……」
ぽろりと、嘘みたいに涙がこぼれ落ちた。

「ほんとにっ……？」
こんな、こんな温かい気持ちを、俺は初めて知ったよ。
もう中野以外何もなくたっていい。
だってきっと、これ以上の幸せなんてないだろう……？
この瞬間を、俺は何十年たっても忘れない。
絶対に忘れない。
この人の、そばにいたい。

「中野っ……好きだっ……」

———言葉にした瞬間、100倍中野のことが愛しくなった。
次々とあふれて止まらない。
好き、好きだ。
こんなにも人を愛しいと思ったのは、初めてだ。
猫っ毛の髪も、
小さな手も、
長いまつげも、
全部、震えるほど愛しい。

「ほんとにっ…？」
しばしの静寂の中、聞こえたのは、消えそうなくらい小さな声。
「え」
「私でいいのっ……？」
中野は、今にも壊れそうな顔で、俺を見上げた。

そんなの、こっちのセリフだよ。

「嬉しいっ……」
「———っ」
「好きだよ日向君っ……」
———それは、白黒だった俺の世界が、鮮やかに色付いた瞬間だった。

震える肩。
こぼれる涙。
流れ込んでくる中野の感情。
幸せなんて言葉じゃ追いつけない。
ただ、愛しい。
死ぬほど愛しい。
死ぬほど嬉しい。
目の前には、顔を真っ赤にしている中野。
空には、満天の星。
冷たい夜風。

———人生の半分以上の幸せを今、この瞬間に使ってしまった気がした。

「……中野」
「っ」
ゆっくりと体を離し、頬に手を添えた瞬間、中野は一瞬びくっと肩を震わせた。
俺は、安心させるように手を握って、近付いた。
「サエ」

「っ」
初めて触れた唇は、思ったより冷たくて、愛しかった。
ぎゅっと目を瞑っている中野がかわいくて、俺は何回も軽いキスを繰り返した。

「っ……ひ、日向君、もう心臓がっ……」
「動悸？」
「う、ういっす……」
「ふはっ」
かわいくて仕方なくて、俺は中野の頭をなでてからもう一度抱きしめた。
ああ、なんて、幸せな瞬間。

「ありがとう」なんて言葉、きっと何回言っても足りないだろうけど、本当に心の底から感謝してるよ。
これから、能力のことで何か起こるかもしれないけど、中野がいてくれるだけで、乗り越えられる気がするよ。
これだけは誓って言える。
中野を、全力で大切にするよ。
だから、そばにいてください。

「……中野。俺、今度から名前で呼びたい」
「へ」
「いい？」
「ど、どうぞっ……」
「ふっ、声裏返ってる」
──ふと上を見上げると、建物と建物に縁取られた、四角い夜空が見えた。
白い月に照らされて、まるでここだけ世界が違うようだ。
それは多分、中野がいるからそう感じるんだろうけど。
その風景を見ながら、君にふさわしいくらい優しい人になりたいと、そう思ったよ。
随分時間がかかるだろうけど、でも、そうしたら少しずつ自分が好きになれると思うんだ。

『またね』
なんて言う機会もないくらい、そばにいたい。
一生そばにいられる確かな約束なんてなかったけど、
切ないほどにそれを祈っていた、ちっぽけな自分。
その時、やっと本当の自分に会えた気がしたんだよ。

ただ、繋がれた手は、涙が出るほど温かかった。

【Letter2 へ続く】

春田モカ　Moka Haruta

田舎に生まれた十代の女の子。ゆる可愛い雑貨とロックをこよなく愛している。サ行で始まる名前が好き。
「君がほしかったもの」がiらんど大賞2008シーズン1優秀賞を受賞し、2008年11月に魔法のiらんど文庫から短編集でデビュー。2009年8月には長編「偽りの王子様」（魔法のiらんど文庫）が文庫化。
本作は読者の間でも書籍化が待ち望まれ、iらんど大賞2009のiらんど100選にも選ばれた著者の代表作である。
自身のホームページでは本作の他にも多くのラブストーリーを発表し、人気を博している。

春田モカ　ホームページ「Skirt」
http://ip.tosp.co.jp/i.asp?I=yureru12

「半透明のラブレター」特設サイト

半《はん》透《とう》明《めい》のラブレター　Letter《レター》1《ワン》

2010年6月30日　第1刷発行

著　者　春田《はるた》モカ
発行者　荻野善之
発行所　株式会社主婦の友社
〒101－8911 東京都千代田区神田駿河台2－9
電話（編集）03－5280－7537
（販売）03－5280－7551
印刷所　凸版印刷株式会社

Printed in Japan
ISBN978-4-07-273235-9

魔法のiらんど®

月間35億ページビュー、月間600万人の利用者数を誇る日本最大級の携帯電話向け無料ホームページ作成サービス（PCでの利用も可）。
魔法のiらんど独自の小説執筆・公開機能「BOOK機能」を利用したアマチュア作家が急増。これを受けて2006年3月には、ケータイ小説総合サイト「魔法の図書館」をオープンした。
ミリオンセラーとなった『恋空』（著：美嘉、2007年映画化）をはじめ、2009年映画化『携帯彼氏』（著：kagen）、2008年コミック化『S彼氏上々』（著：ももしろ）など大ヒット作品を生み出している。
魔法のiらんど上の公開作品は現在100万タイトルを超え、書籍化された小説はこれまでに240タイトル以上、累計発行部数は1,900万部を突破。
教育分野へのモバイル啓蒙活動ほか、ケータイクリエイターの登竜門的コンクール「iらんど大賞」を開催するなど日本のモバイルカルチャーを日々牽引し続けている。（数字は2010年1月末）

「魔法の図書館」
（魔法のiらんど内）
http://4646.maho.jp/

iらんど100選 2009

魔法のiらんど大賞2009

ケータイ（携帯電話）向けホームページ作成サービス「魔法のiらんど」のユーザーが生み出すコンテンツは、インターネット上だけにとどまらず書籍、ドラマ、映画、コミックとその世界を広げております。「魔法のiらんど大賞」は、若い世代のこの新しい文化を応援し、さらなる成長を願い2007年度に創設したケータイクリエイターズフェスティバルです。

第3回目となる「魔法のiらんど大賞2009」では、手紙部門・ケータイ小説部門を開催。ケータイ小説部門では、魔法のiらんどで公開されている100万タイトルを超えるほぼ全作品が審査対象となり、ユーザーの予選投票をもとに選ばれた100作品「iらんど100選」の中から5作品が受賞しました。受賞作は書籍化、ドラマ化が決定しています。